U0075980

風雲時代

風雲時代

林語堂作品精選 10

林語堂

經典新版

賴柏英

林語堂 著

1

天還沒亮，杏樂高大的身子伏在白色的床單上，腦子裡胡思亂想。他睡在一頂白白的細網蚊帳中，帳子由圓形的竹框垂下來，像綵球似的。在炎熱的新加坡夜裡，他全身赤裸，只穿一條短褲。身上蓋著一塊長四呎、對徑一呎的硬枕頭，也有人叫做「竹夫人」，可以避免肚子著涼，也可以用來擱腳。不像輕被單黏答答纏在身上。

他一夜都沒睡好。照例懶洋洋去掏香菸。睡眼惺忪向窗外的遊廊望去，廊內草簾半捲，街道的燈光仍然亮著，再過去就是新加坡港外的珠灰色大海。大海、白雲都沒有一絲動靜。海鷗五點左右的高音合唱還沒有開始呢。

他拉出塞在褥子下面的蚊帳，捲起來，丟到床頭板上，頂端的圓框跟著擺來擺去。這時候空氣涼得沁人，再過幾個鐘頭，熱帶的陽光就要猛射下來，大海便像一層融銀或熱玻璃，閃閃發光，照得人眼花撩亂。

他頭痛得要命，嘴巴也苦苦的……當然是昨晚宴客的結果。黎明前半醒半睡，一切都有點飄渺，不真實……就連劇烈的頭疼也不像真的，他知道很快就會過去。就連韓星那異國烈酒般的一吻也如夢如幻。四周的牆壁、書桌、半捲的草簾，甚至大海都像幽靈似的，彷佛一醒來就會化成夢中的形影。

他覺得自己不屬於現在這個新加坡的成人生活。他倒不是疲倦，而是精力太旺了，情緒總不免要飄到夢境中。所以他的叔叔，這間屋子的主人，才會說他魂不守舍。

他開始聞到熟悉的含笑幽香，那是他故鄉漳州的名花。正如某些高尚的香味，它會吸收環境的特質。你也許半個鐘頭聞不到，然後它突然又出現了，不知不覺迎面襲來。這種花是橢圓形，象牙色，現在邊緣已泛出棕黃，是柏英兩週前寄給他的。

兩年前他由馬來大學畢業，回了一趟故鄉，從此柏英就由故鄉寄花給他——春天是攀緣薔薇，夏天是含笑或鷹爪花（**一種芬芳、淺藍的小蘭花，香味也很清幽、很特別**），秋天是一大堆木蘭珠子（**可以助長茶香**），冬天是漂亮的茶花或優美的臘梅花瓣——香氣淡雅，有滲透性，飄飄渺渺，難以形容，令人想起一朵花，也想起女人的微笑。

天空漸漸由暗灰轉成碧綠，再化成淺玉色，遠方的密雲也透出黎明的微光，女佣昨晚忘記放下走廊的簾子；昨天晚上是請吳太太，女佣也許看到她的大鑽石，一時昏了頭吧。

畫面一一由他腦海中飄過——吳太太粗俗的大嗓子，韓星在他胸口吐出的熱氣，與這些完全不同的還有柏英的微笑，遙遠而耐久——柏英全心愛著他，給他一切，卻不希望任何報答。

杏樂把枕頭靠在床頭板上，眼皮半垂，眼睛望著密雲和大海，心中卻出現另一幅圖畫。在地平線的雲層頂端，他看見村子裡熟悉的淺藍色「南山」稜線，下面便是起伏的山丘，涼爽幽深的樹林和柏英的小屋。他覺得自己幾乎聽到她的聲音在荔枝林裡迴響。他很歡迎早晨這一刻，他的腦子可以輕易由現實飄到虛幻的世界。

昨晚請吳太太吃飯，她的鑽石耳環，鑲著鑽石成品的金牙，都顯得很不真實。就連韓星的熱吻和披肩的亂髮也像夢境一般。

他記得今天是星期六，不必上班。他小心翼翼把菸頭壓在菸灰缸裡，又溜回去再睡一覺。再次醒來，已經九點多了。新加坡灣東側陽光普照，大海閃閃發光，照得他視線模糊。一艘輪船吹著低沉的號角，正向港口駛來。他走出去放下遊廊的簾子。

在走廊另一端，他看見了茱娜，大約在三十呎外，透明的紗籠映出了豐滿年輕的身材。茱娜是他叔叔的姨太太。也是中國人，由蘇州來的，但是她迷上了紗籠，家居總是這副打扮，說是又輕鬆又飄逸。她的頭髮還沒有梳起來，隨隨便便披在腦後，一撮烏黑的髮鬢落在臉頰上。她看到他，就往這邊走來，穿著金色的拖鞋慢吞吞踱著。

「早安。睡得好吧？」

「早安。」

她輕盈巧笑。「要不要阿斯匹靈？」

不等他答腔，她就去而復返，由一扇法國落地窗走進他的房間。他連忙披上一件睡袍，沒有扣扣子。

她塗著寇丹的纖手拿著一片阿斯匹靈，從頭到腳打量了他一遍。杏樂對這一套已經習慣了；女人對他向來很溺愛的。她巴不得他要一片阿斯匹靈哪！

茱娜很年輕，還不到三十歲。皮膚細得出奇，面色白皙，嘴唇豐滿而肉感。不到中午，她就會把面孔整修一番，畫上更黑的眉毛，塗上口紅，使她容光煥發，嘴巴顯得小一點，雅緻一點。不過，現在她的雙頰也有一層健康的光輝。她具有動人的眼睛和雙唇，聲音低低的。

他們之間沒有什麼，但是杏樂是女孩子願意服侍的一型。她和杏樂都很聰明，絕不會有什麼瓜葛，只是誰都看得出來，她閉著眼睛都能把他叔叔玩弄於股掌之上。現在她似乎有心事。

杏樂問她：「叔叔呢？」

「到辦公室去了。」

「喔，是的，當然。」他叔叔一向起得很早。

這是一個尋常的星期六早晨，他在家，他叔叔去上班，不回來吃午販，嬸嬸有胃潰瘍，還躺在床上。嬸嬸和茱娜都沒有孩子，只有一個廣東下女阿花，和幾個佣人在房子裡。

茱娜將臀部靠在書邊，用愉快的調子說：「你昨天晚上離席而去，實在太失禮了。」

「我知道。」

「你走出門，吳太太的大眼睛一直瞪著你。」

「當然的。」

「大叔也相當生氣。」

杏樂說他很抱歉。

茱娜在房間裡踱來踱去，柳腰款擺。她在一個漆釉的胡桃木框前站了半晌，欣賞發黃的「鶩巢」——就是柏英的小屋照片。她慢慢轉過來，深深望了他一眼說：「我很難說什麼。不過，你若不喜歡愛麗，還是讓他們知道的好。」愛麗是吳太太的女兒。

杏樂揚起眉毛，然後表情又軟下來說：「妳這樣想，我很高興。」

「當然啦，很多待嫁女兒的媽媽都會看上你。馬來大學畢業生。在英國法律事務所工作，而且，」——她的聲音放小了——「很多女孩子都會愛上你。你知道的。你對女孩子很有吸引力，你知道……而你的叔叔——你很清楚他對這門親事爲什麼這樣熱心。」

她停下來，正眼注視他說：「我是站在你這一邊的。」特別強調「你」這個字。

他把手放在頭上，用力壓。

「怎麼啦？」她的聲音充滿關切。

「沒什麼。頭痛罷了……你懂嗎？」

「當然。」她從鑲金的菸盒裡拿出一根菸，點燃了，大吸一口。「你甚至不願爲你的叔叔出賣自己。」

這時候她的眼色加深了。杏樂只看見她的黑眼珠。她不只是提出友善、客氣的諍言而已。

她思緒亂轉，突然說：「你是出去看韓星？」

「是的。」

「我就猜是這麼回事。」

「我並沒有瞞妳呀。」

確實沒有。他已經告訴她自己和韓星相遇的經過，但是叔叔毫不知情。韓星是一個二十二歲的歐亞混血女郎，最近才在海灘上認識。離他們家不遠的東岸路上有一個黃昏展售會，很多老老少少都到那兒去消磨涼爽的黃昏。露天的攤子上有人賣冷飲、阿加阿加汁、熱烘烘的快餐、各種麵食和洋麵。下面就是海灘，再過去是綠草叢生的荒徑，很多年輕的戀人便在那兒約會，躺臥，共度迷人的熱帶之夜。

這就是新加坡：窒人的熱浪和涼爽的黑夜形成強烈的對比，沾辣醬的馬來烤肉串「沙爹」便是這個調調兒。販子蹲在地板上。客人有的坐矮凳，有的也蹲著，一手拿辣「沙爹」，一手拿小黃瓜。「沙爹」太辣，燙了舌頭，就咬咬小黃瓜。等舌頭涼下來，又咬咬熱辣辣的「沙爹」。

新加坡的愛情也是這樣嗎？

「你叔叔渴望這門親事，也有他的理由，生意上的好理由。但是我認爲男人必須娶他愛上的女孩子。愛麗是很乖、很文靜的少女……她愛上了你，我知道……不過，你若不愛她，又何必娶她呢？」

「我想妳是這屋子裡唯一講話有道理的人。」杏樂愁眉苦臉說。

杏樂的叔叔陳山泰早年離開中國大陸的家鄉，來到此地當一名日薪計酬的工人。他已靠節儉和智慧闖出了一條路。第一次大戰期間，他在橡膠方面發了一筆小財，是他生命的一大轉機。他很精明，進一步把所有積蓄換成美元，當時美金和外幣差不多等值，有時候甚至低一點。他知道美元的價值會上漲。現在他在新加坡過「堤這」那一邊的柔佛有幾間橡膠廠，在「廣場」附近有一個兩房的辦公廳，東岸路的上流別墅區也有一棟優美的別墅。

吳家又不同了。他們是新加坡最古老、最富裕的世家。他們在泗水有很大的糖廠，在馬來亞有錫礦，在吉隆坡擁有整條街道。陳山泰很高興自己在新加坡社會有了這麼大的進展，他是一個好強的人——由他巨大的下巴和粗短的手指就可以看出來——能和吳家聯姻，是他最大的樂事。這是他成功和社會地位的最後證明。吳太太爲了讓杏樂知道自己對他能有多大的幫助，甚至讓「巴馬艾立頓事務所」擔任吳氏公司的法律顧問，照料他們產業的利益。杏樂工作的「巴馬艾立頓事務所」對於每年豐厚的律師費相當感激，杏樂在雇主眼中的地位更提高了。

愛麗是一個高高瘦瘦的女孩子，不漂亮，也不太難看。唯一引入注目的是那對過濃的眉毛。她是一個單純的高中畢業生，臉上總帶著飢色。這是一個專制的母親——胖胖的吳太太——和經常不在家的風流父親造成的結果。說句公道話，有了吳家的產業，很多更醜的女兒都可以輕易找到另一位富家子弟，也許在新加坡有一棟房子，檳榔嶼有一棟別墅，擁有一輛黑色別克車或紅色的休旅車。但是愛麗一心喜歡杏樂。他那半憂傷、半沉思的眼神已經把她迷住了。他似乎有一股特別的氣質，顯得十分迷人。杏樂對她總是彬彬有禮，得友善，但是沒有其他的表示。有時候他甚至有點失禮，她也還是喜歡。

愛麗講話有一點大舌頭，曾經到最好的機構去矯正，但是「d」音和「t」音仍然沙沙響。她的舌頭可能太短了。她會把「into」模模糊糊念成「intho」。不過，這也沒有多大的關係。

昨天晚上是叔叔回請吳太太前兩次的宴席。家庭便餐，沒有別的客人。愛麗坐在杏樂的旁邊，新做的頭髮，緊身的旗袍，看起來還不錯，顯得甜蜜而活潑。吳太太坐大位，叔叔，嬸嬸和茱娜是主人，坐在下首。不管吳太太坐在哪兒，她坦率的大眼睛，堅硬的面頰，雙下巴，以及她大聲的談吐和笑聲總是控制全桌的場面。她講話的時候，大家都得洗耳恭聽，就是有人想插嘴，也插不上一句話。連叔叔的話都不超過四、五個字，愛麗坐在她附近，簡直就像老鼠似的。

吳太太很自信。她瞭解生命的一切，卻不明白一件事：誰若愛上她的女兒，也會被這個丈母娘嚇跑。她還犯了一個大錯，以為女孩身上的鑽石必能贏得男士的青睞。

茱娜若想講話，她可以講得比吳太太快兩倍，而且有意思多了。但是她一言不發，默默傾聽觀望著。

她對這位闊太太十分不滿。吳太太兩次請大叔和大嬸，卻撇下她。今晚茱娜決心要引起她的注意。她擔當女主人的身分，因為大嬸膽小，不問世事，舉止莊重，嚴守古禮，又是虔誠的素食佛教徒，寧可把社交活動的瑣事交給年輕婦人去處理。

吳太太一進門，茱娜再次受到怠慢。她以最大方的態度歡迎貴客，對方連頭都不點一下，只問陳大嬸在哪裡，然後就沒有再跟她說過一句話。

杏樂下樓的時候，看到茱娜和愛麗低聲交談，老太太的面孔卻垂到雙下巴上，雙眼半閉，一副不耐煩的樣子。

中國社會並沒有規定姨太太該受奚落。通常還相反。晚宴不歡而散，茱娜很高興。雙方家長顯然希望今夜能討論訂婚的問題。有一回杏樂站起來給愛麗添茶，大家的眼睛都落在他們身上。

很不幸，吳太太用錯了方法。她先是說她丈夫多愚蠢，多沒用，如何追女人，愛麗聽得滿面羞紅，其他的人也很難為情。她叫他「老不羞」，茱娜一直望著愛麗的鑽石胸針，尤其注意吳太太項鍊上的菱形大鑽石，每次她扭動身子，鑽石就閃閃發光。穿戴的人也感覺到了。她還失禮地把香菸頭浸在一碗魚翅雞湯裡，不拿起來。就算她非常富有吧，唉！

其餘的話題——算不上交談——就是她各地的產業。

「我不能一一照管。恩喜什麼都不懂，也不在乎。我需要一個能管理一切生意、租賃、保險、股票、紅利等事宜的女婿。咦，我告訴過愛麗，她結婚的時候，可以任選一輛勞斯萊斯或凱迪拉克牌的轎車，隨她要什麼顏色——黑的、紅的、栗色的，甚至金邊的……」

這時候，杏樂突然站起來，很不禮貌地走出飯廳，臨時還回頭說：「吳太太，很抱歉，我另有約會。妳若要抽回『巴馬艾立頓事務所』的生意，請便。」

叔叔一時楞住了，吳太太更目瞪口呆，不明白是怎麼回事。

「我說了些什麼？」

愛麗先站起來，打斷了這頓晚餐。她用祈求、熱情、渴望的眼光目送著杏樂，一句話也沒有說。然後她道歉一聲，走到沙發上，開始低聲啜泣，靜靜用一團手帕擦眼睛。

吳太太一再說：「我做了什麼？我做了什麼？」

「媽媽，都是妳，都是妳，」愛麗由沙發上叫著。她一定恨死她媽媽了！

客人走了以後，叔叔非常生氣。他批評姪兒不禮貌，聲音都沙啞了。他咬著香菸，一再大聲拍著沙發的扶手，還吐了好幾口痰。最後他上樓了；給他消氣是茱娜的職責，所以她也跟了上去。

茱娜現在對杏樂說：「你叔叔認為你該向吳太太道歉。」

「為什麼？」

「你叔叔要你這樣。他叫我來告訴你。」

「剛才妳自己還說，我若不想娶愛麗，還是讓他們知道的好。」

「我只是說，你若肯去看看吳太太，說幾句話，儘管去。我答應叔叔要跟你講的。」

「你認為呢？」杏樂向來尊重茱娜的見解。

「這就看你了。你若不想和吳家聯姻，將來總會有不愉快發生……假如你肯去，叔叔會覺得好受些，道歉一句又不花什麼本錢。不過遲早……總要說清楚。最後會傷愛麗的心。這也沒有辦法……我還聞到含笑花的幽香——她叫什麼來著？……柏英？——柏英送你的。哪天你和我談談她吧。」

「為什麼？」

「我想知道嘛。」

「怎麼呢？」

「因為我是女人嘛。」

她望著他，他也看看她，說：「總有一天我會告訴妳，我們是一起長大的。我錯過了機會，她現在已經結婚了。」

「你一定不樂意，我知道。她也不願意？」

「可以這麼說。環境的壓力。實在不能怪任何人。」

「但是她還寄花給你。她一定不會寫字囉。」

「不會。花朵能傳達信紙所無法表達的深意，妳不覺得嗎？」

「喔，我要走了。我要出去洗頭髮，必須先打電話叫車。你若要進城，就一起來吧。」

「不了，謝謝。」

「除非你要下樓，不然我叫阿花把早餐送上來。」

茱娜臨走還帶著關切和好奇的表情。

杏樂一面吃早餐，一面瀏覽晨間的報紙。中國有革命進行著。那是一九二七年。國民革命軍由廣東出發，很快向江西推進。由各方面看來，這似乎真像一回事，不是中華民國成立十五年來軍閥的許多內戰之一。國民革命軍繼續前進，目標是掃除軍閥，在國民黨領導下統一全國。他們有清晰、健全的建國計劃，得到了中國知識分子的支持。標題說「上海淪陷」。國民革命軍的北伐正在進行。中華民國青年全心響應這個工作。杏樂也很興奮。局勢月月改觀。他不知道北伐有沒有經過他的故鄉福建省，也不知道他母親、姐姐和柏英會有什麼遭遇。

2

杏樂覺得很無聊，很寂寞，不知道今天要如何打發。他會和韓星見面，但是要到傍晚。幾個月前他們初識的時候，韓星告訴他，她在「果園路」的一家奶品店工作。她要到八點才下班。

杏樂穿著背心和漿熨畢挺的西褲，踱向寬闊的走廊。他很少像別人一樣穿拖鞋。這是一種習慣，可見他受亡父的影響極深。就是在家，頭髮也梳得整整齊齊，只有一撮髮絲經常落在前額上。

他的冷漠、害羞，他遙遠的眼神也許都和強烈、特殊的家庭情份有關，後來他離開了那層牽絆，遠到新加坡求學，如今又從事律師的工作。他敏感的雙目，悲哀、沉思的眼神和文靜的態度，使他的英國雇主留下了很好的印象。

茱娜剛剛說過了：一個馬來大學畢業生——在英國商行工作的青年律師。這樣的單身漢有資格做吳家女婿的候選人。真是一大諷刺，他想！

他十九歲離家，父親還健在，當時他是來學醫的。後來他改變了主意，改學法律，因爲他一看到人體的內臟——不管是真的，還是解剖學課本上的彩色圖片——就覺得噁心，他寧可選擇法律的條理和精確性。

讀大學的時候，他最大的目標就是法學榮譽。現在他已拿到「法學士」的學位，文憑的魅力已經褪色不少。

他父親是一個窮教員。杏樂讀大學，一半靠獎學金，一半靠叔叔的幫助。他在家中所受的嚴格訓練——節儉、自制、對書本和學問的崇敬——使他成爲冷漠、不愛交際的學生。

大學的時候，他根本不看女孩子，女生都覺得他是一個怪人，因爲他長相出色，下巴很好看，又是網球健將。他的冷漠和嚴肅使她們更注意他，但是他似乎一心一意追求每年五百新幣的獎學金，他能讀完大學，全靠這筆獎金和他叔叔的接濟。現在他每個月可以賺到兩百新幣，月月寄錢給母親，還堅持要慢慢償還叔父供他唸大學的錢——叔叔簡直氣壞了。

難道叔叔需要這區區幾千新幣！難道他不是他的親姪兒！這等於否認了叔姪關係，何況叔叔沒有兒子，還很想讓他繼承事業，分享成果呢。

杏樂還不習慣他叔叔社交圈中的安逸生活。他覺得自己生來是山裡的孩子，便永遠是山裡的孩子。他羨慕某些城市青年在女孩子面前能夠輕鬆談笑，拍手，自由自在，充滿信心。這些青年都是富家子弟，有些是他的朋友，但是他就沒法像他們一樣。

他只認識他母親、姐姐美宮和柏英之類的女子。他們的家庭很特別，清苦卻重理想，很快樂，只在乎精神方面的事情。他拋開了溫暖的情分，遠到新加坡求學，只因爲父親、叔叔都鼓勵他，他自己也很想來。

失去柏英，他就失去了一切。所以他臉部總是很嚴肅，目光憂鬱而遙遠，也不愛說話，使他的英國雇主和年輕女孩子都特別注意他。由於寂寞，他突然瘋狂地愛上了合乎他女性理想的歐亞混血女郎。他只有二十五歲，心情卻像三十歲的男子，渴望找回失去的一切。

他打電話給好友維生，後者是他的大學同學，現在爲一家大日報「南洋官報」主持一個社會專欄。他下午五點和他見面。

然後他突然想起自己答應找一個週末去看秀英姑姑，她星期六有空，而他已一個月沒去看她了。秀英姑姑是他父親的么妹。她在一所公立學校教中文和繪畫，看起來很年輕，還沒有結婚。她像他父親，也熱愛書本、文學、藝術和一切美好、詩意的東西。她自己也寫詩。正如她哥哥，也就是杏樂的父親一樣，她能夠爲歷史上的大英雄，或一幅迷人的風景而欣喜欲狂，她對別人忙碌追求的利益也能保持相當的超脫和冷漠。杏樂認爲，她不結婚也很好，很自然，她若嫁給一個粗俗的新加坡橡膠鉅子，一定很悲哀。她會輕易受傷害的。

杏樂覺得和她最親密，她打小時候就認識他了，他們彼此互相瞭解。和她在一起，他可以感受到家園的氣氛。他覺得她是新加坡泥漿中的一朵蓮花，出污泥而不染。

他打電話說，他要到學校找她，她的學校靠近查寧堡。待會兒他可以輕輕鬆鬆走過來，在山城街和他的朋友維生見面。

她的房間恰如其人。臨窗是一張纖塵不染的書桌，上面整整齊齊陳列著一方硯臺、一瓶毛筆，一個蓮葉形的細玉淺水缽，和一塊白色的銅文鎮。床上的枕頭和被單疊得井井有條。牆上掛著一幅明代的風景畫，一張仿唐的作品。房間一角有一張梳妝檯和幾樣化妝品。讓人有「空靈」的感受——稀疏而輕巧，一切都恰到好處，樣樣都擺對了地方，連這麼小的空間也留下了充分活動的餘地。窗邊掛一只鳥籠，養著一對長尾鸚鵡，還有一幅青苔、岩石、卵石、鉛粉的風景縮圖，印在淺棕的瓷盤上，就放在窗台頂。窗外滲進來的綠光給房間帶來了涼爽的氣氛。

如果讓一個粗漢或大嗓門的男人和她同住，在如此靜逸、整潔、除了心靈不會有絲毫波動的環境中亂扔東西，那該多滑稽，杏樂又自忖道，她永遠不該嫁人。

你會以爲她很嚴厲，對杏樂的煩惱毫不關心。其實他知道，她蠻有人情味的，而且總能瞭解他。

杏樂與高采烈和她談起昨晚的宴會。她覺得很有意思。

「杏樂，你脾氣和你爹一模一樣。你父親和你叔叔永遠沒辦法互相瞭解。叔叔覺得怎麼樣？」

「他氣壞了。他要茱娜叫我去道歉。你覺得我該去嗎？」

「除非你想當吳太太的女婿，否則沒必要。」

她乾脆的回答使他非常滿意。

杏樂的父親是長子，叔叔是次子，所以稱為「二叔」，秀英是么兒，被喚做「三姑」。

「三姑，妳昨天晚上為什麼不來？二叔請了妳。他希望妳在場。」

「他沒告訴我為什麼要請客。只說吳家的人會來。他的聲音顯得很興奮。我覺得和吳太太碰面，也沒什麼意思。」

她盯了姪兒一眼，說：「你怎麼不常來看我？這些日子你過得如何？」

「馬馬虎虎。我想公司方面還算喜歡我。」

「我不是指那些。」

「那妳指什麼？」

「昨天晚上的宴會使我想起你個人的問題……你似乎很憂傷。」

「真的？」

「也不算真的憂傷，就是有心事。」

「我向來是這副樣子嘛。」

「不是真的悲傷，但也不快樂。我看得出來。前幾天你叔叔和我談過，他覺得你該結婚了，問我你為什麼不起勁。你有女朋友嗎？」

杏樂沒有答腔。

「還想念柏英？」

「也許吧。她兩週前還寄來一朵含笑花。」

「是的，我知道。美宮告訴我，她按季節送花給你。真是特別的女孩子，那位柏英。」

杏樂的眼睛突然一亮。他搖搖頭，叫了一聲「柏英！」又說，「她幸福嗎？妳上回看到她，她是什麼樣子？」秀英暑假曾經回廈門。

「你知道的。她每天忙著做事，沒有時間想什麼快樂不快樂的問題。總是忙來忙去，永遠帶著沉默的笑容。我相信她快要學會讀書和寫字了。聽說她要學認字，要趕在兒子罔仔的前面，好教他功課。」

杏樂抬起雙眼，面對面盯著她，停了半晌。「我想妳知道吧？」

「是的，我知道。美宮告訴我了。」

罔仔是杏樂和柏英的孩子。爲了他，她才不得不匆匆嫁給現在的丈夫甘蔗。

杏樂沉默了好一會。然後才說：「你知道……一切就那樣發生了……我們很相愛。美宮知道。就我所知，柏英的母親並不知情。」

「所以你才沒娶到她？」

「那是我中學的最後一次假期。我正要出國。她發現自己懷孕了，只好匆匆嫁人。甘蔗在他們家農場上做事。我過了好幾個月才知道。她的祖父眼睛看不見，她家人少不了她，她不能，也不願意隨我出來……」

秀英伶巧地變換話題說：「上次我看到他們，她祖父完全瞎了。我從來沒見過一個孫女這麼耐心照顧祖父，她對他很孝順。」

「我知道，」杏樂沉思著。「大家都不明白，當時我也不懂她爲什麼不能拋下家庭跟我走。她隨時想著她的家人。她祖父每一天，每一刻都需要她……」

他不大連貫地說：「我永遠忘不了她以前把剝開的荔枝含在嘴裡，不用手指，光努努嘴脣就吐出一粒乾乾淨淨的核，比我們男孩子還要快。我們吐一粒，她可以吐三粒。她還會打中五呎外的目標。她的嘴好靈活。我們常常蹲在地上，把荔枝核當彈珠來打。每回她的核兒打中『堡壘』，妳真該看看她臉上那副得意的樣子。」

「是的。我記得你們這些孩子常常在荔枝林裡玩耍。你和她老在一塊兒，到下面的峽谷中捉蝴蝶或撿蛤蜊。你哥哥杏慶總是纏在大人身邊。」

他們都陷入快樂的回憶中。杏樂滔滔不絕。

「我們男孩子到鷺巢，她就當主人。她常常拖我去。吃了一大堆荔枝後，她會拉我們到廚房，拿出醬油要我們喝一口，說吃完水果喝醬油比較好。」

「你說『我們』是什麼意思？」

「杏欒、甘蔗和我，還有同校的其他男孩子。她大方得要命。有一次我問她牙齒怎麼那樣白，我知道她不用牙刷的，她說她先把手指浸濕，沾點鹽，再用手刷牙。最好玩的是荔枝採過之後，我們爬到樹上搖樹枝。大人通常會爬上去，砍掉枝葉，丟到地上，我們小孩子就在枝葉落地之前先接住。妳記得嗎？採收之後，樹上總零零落落留下一些散果，還有梢頂上採不到的幾串。我們都用力搖樹枝。柏英常常說，果樹喜歡這樣。我們愈搖它、逗它，它明年就長得愈好。她說果樹就像人類，大年之後就來一個小年。它們也要休息。」

「我看著你們倆長大，」秀英姑姑說：「我記得一個夏天的午後。不知道你記不記得，我和你母親、她母親一起坐在荔枝林的小凳上。那兒很美、很涼快。老鷹對著落日盤旋。右邊就是鷺巢。你們兩個走向西邊的山坡去了。過了一會，我們看見兩個小頭一上一下的。你們手拉手爬上來，遠處的金光照在一層層山嵐上，我看見她舉起一隻手，輕輕彈掉你眼下的淚珠。她問你『哭什麼？』你說『好美喲』，她說『咦，你就為這個哭哇？』你說『是的。』也許你不記得了。」

「我記得。」

「喔，你母親和她母親都說，你們兩個人真是最理想的一對。我想是柏英的母親先提起，你母親立刻同意了。」

「她和甘蔗過得幸福嗎？上次我回家，她說她很幸福。」

「她不是一個爲往事悶悶不樂的人。她很快樂，甘蔗又善良又老實。現在她又有一個孩子了——應該滿週歲了吧？我必須告訴你一聲。上次她來漳州，還做了一件旗袍。」那時候旗袍正流行。「她穿長袍叫人嚇一跳，完全變了。你絕對想不到！」

「回家她就不會穿了。」

「當然，做田事不行，但是每一個女人都有虛榮心。她來漳州的時候，買了一些香粉和纖維花。」

這些都是漳州的名產。

「不！纖維花！她以前頭上常戴一朵紅玫瑰或七里香。妳記得通往她家路旁的小溪吧？我們小時候常玩一種遊戲。岸上有不少蝴蝶和蜻蜓。她將一朵花插在頭上，躲進樹叢裡，最後會有蝴蝶落在她頭上。於是她慢慢站起來走開。遊戲的要點就是看她能走多遠，不把蝴蝶嚇跑。橘紅黑花蝶，大王蝶都很容易，但是華麗的藍綠燕尾蝶很敏感、很機警，牠們馬上就飛走了。蜻蜓也很容易，我們常常在小紫花的石南枝上逮到蜻蜓……」

秀英微笑了。她的目光使杏樂很不好意思，他這會兒簡直像一個河岸上玩耍的小男孩。杏樂突然打住。

「妳笑什麼？」他追問。

「你們男人真是浪漫得無可救藥。我想在你心目中，她是一個頭上棲著蝴蝶的少女。事實上，我常常看到她頭髮上有粗糠和稻草。腳上也有泥巴。」

杏樂完全放開了，「我崇拜她腳上的泥土。」然後大笑。「妳覺得我很傻，對不對?整個新加坡沒有一個女孩子有資格吻她腳上的泥土。」

「喔！」小姑姑也陪他大笑起來。

這時候，他突然想起韓星赤腳走在退潮沙灘上的情景。

但是他說：「妳是基督徒，我不是。你們聖經裡有一句話我很欣賞，很贊成。『她的腳在群山間是多麼美麗！』而不是『他畏懼上帝的雙腳』。那就是『她的腳』。她打赤腳到十三、四歲。她常常靜悄悄踏過草地，站在我後面，蒙住我眼睛說，『誰?』我就說，『當然是妳嘛！』把她的手抓起來。然後她掙開了，我就在後面追她。『她的腳在群山間是多麼美麗！』她每天五點起床，雨夜之後就陪她祖父檢查稻田的水位……山間的生活真美！」

「不要這麼多愁善感。你把一切美化了。你是詩人，農家生活並不全是美的。我看得出，你不喜歡新加坡。」

「我不喜歡，也不討厭。總不能強迫大家都喜歡吧。我是一個人。新加坡是一個刺激的大都市。這兒每一件事、每一個人都很緊張。熱，熱，熱!吃沙爹，然後吃小黃瓜。我並不是美化農家生活或鄉村生活。我是在談鷺巢。我意思是說……」

「你意思是什麼?」

「我是指柏英、她的農莊、她的祖父、她的母親、她的鴨子、她的荔枝林和鷺巢。柏英很刻苦，硬得像橄欖核似的。她才不自作多情哩。有一次她正忙著，她弟弟天凱和她搗蛋，我看見她狠狠揍了他一頓。農家生活使她堅強，使她知道辛勤，求生的必要。只是山間的工作和遊戲優美地融合在一起，她工作的時候，我老覺得她是在遊戲……」

秀英很高興看到年輕的姪兒身上具有他父親貧窮而自負的精神。她笑笑說：「我想我該把你刻劃成一個漁夫，頭戴笠帽，身穿簑衣，手握撐篙，站在河裡的小舟上。那才是真正的你。」

杏樂微笑了。「謝謝妳。」

「別人眼中的青年律師並不是真正的你，所以你才會這麼魂不守舍。不過，柏英已經嫁了。我瞭解她在你心目中的地位，但是，你總要找一個好女孩結婚吧……今天下午你打算做什麼？」

杏樂看看錶說：「我要走了。我約好和維生見面。」

走出星期六下午空空曠曠的校園，他叫了一輛黃包車，跑下陡坡，來到博物館附近的廣場。他在山城街的一間二樓建築物中找到他的朋友。人行道上陽光還熱烘烘的。

維生說要到「雅德菲飯店」的酒吧去涼快涼快，杏樂卻寧可到中國區的「南天」去。他們走下新橋路，穿過幾條擁擠的小巷。人行道的圓柱後面有不少店鋪，樓上就是店主的居所。這些屋子的白粉牆摻雜著藍色，被雨水定期沖洗，大都一塊塊剝落，或者化爲一行行泛藍的水跡。除了「彩籤商場」的幾家店鋪，這座城裡找不到香港或上海式的「大街」，大玻璃窗中擺著燦爛的物品，投合中產富人的胃口。

維生和杏樂不久就來到中國區擁擠、潮濕的街道，兩旁有店鋪、蔬菜攤，小食攤，和一大群梳辮子穿木屐的廣州、潮州女佣，半裸的孩子，以及打赤膊的男人。

杏樂心裡很不舒服。這不是中國，但也不像一座現代化的西方大都會。

他和維生爬到「南天」飯店的頂樓，那兒整天都供應廣東快餐和茶點。穿木屐的女侍來來去去，在紅磚地上發出「喀喀」的聲響，有些人梳辮子，有些梳著摩登的髮型。有一個廣州侍女認識他們，因爲他們是常客。

那是一個二、三十張檯子的大房間。近門的檯子都被喝茶、吃冰淇淋、飲料的顧客佔滿了。他們選了一張面對大海的內角檯子。維生叫一客生啤酒，杏樂則點了一份薑汁露。

他們從大學時代就很要好。維生和杏樂來自同一個城鎮。他穿一件短袖襯衫，一條斜紋西褲。人很瘦，面色蒼白，手指也細細的。爲什麼擅長文學的中國青年都是白面孔，細手指呢？這和他亂蓬蓬的硬髮，不經心梳理的捲毛很不相稱，使他有一副違拗、甚至詩意的外表。

兩個人都是中英文俱佳的好手；他們的話題常常由時新的題目轉到中國古代的歷史和文

學，那是現代許多大學生一竅不通的。杏樂覺得維生可以談得來。彼此都尊敬對方的學養。

維生有一個習慣，談話時老愛把香菸叨在唇上，讓煙圈吹過臉部，瞇了雙眼。他總是垂著眼皮坐在那兒，頭部微微後仰。加上整齊的髭鬚，使他帶有紅牌記者的表情，彷彿什麼都知道，卻什麼都不相信，他偶爾睜開雙目，亮晶晶觀察他覺得有趣的周圍世界。

杏樂很多次聽他說：「身爲記者，我只報導真相，但是上帝不讓我說出整個的真相。」不然就是：「我沒有說過不真實的話，但是也不能說出每一句真話。否則我就保不住飯碗了。」

他熱愛他的工作，但是不自作多情。「我對新加坡很有興趣。簡直迷住了。我知道生命醜惡的一面，也看透了那些吹牛大王和愛國的市政領袖，但是不能挖得太過分。我聆聽他們一切優美的演說，詳加報導，總覺得自己很像一個假奶、假睫毛女星的丈夫。我愛這一切，因爲很容易寫。但是我若以爲自己每天吐出的廢話會被當做真心的言論，我真該下地獄。我是維持生活，如此而已。」

相反的，杏樂直挺挺的體態、整齊的頭髮，燙得很平的白襯衫，給人一種整潔、講究、有教養的運動青年的印象。就連家中的廣東下女阿花也知道他在英國公司做事，特別用心給他燙襯衫、擦皮鞋，好配合他和英國人爲伍的身分。他們兩個人都欽佩對方特有而自己缺乏的氣質。

維生大啜一口啤酒，手指抓抓僵硬的亂髮。

「就像昨天吧，我出席中國商社的一次集會。六孱正在演講。他用大嗓門說話，和平日一樣慷慨激昂，黑黑的粗手擺來擺去。真是大演說家。我聆聽著。是的，我聆聽著。大部份聽眾都是教育程度很高的人士。我們自己的國民。老一代。林老先生也穿著畢挺的白外衣、西褲坐在那兒，手摸白鬍子，扇子一開一合的。親切、紅臉、胖嘟嘟、人緣最好的銀行家陳凱松也去了。還有一些外貌嚴肅的商人，不那麼富有，是被責任感逼來的。

「他們正在討論多設中國女中的問題。你想這些人不知道六孱的爲人嗎？但是大家都靜坐傾聽。他的話題是新加坡道德墮落，有必要維持我們中國少女的品德。大家面面相覷，交換眼神。還有人吃吃偷笑。他提到歐洲婦女不堪入目的比基尼泳衣……借個火，拜託。」

手捲菸還叨在他唇上，但是他講話的時候，香菸弄濕了。維生常常缺火柴，也忘記帶其他的東西。他的朋友點了一支給他，小小的一股白煙又衝上他的雙眼，但是他繼續說：

「當然聽眾沒有歐洲人。大家都靜靜聽著。沒有人願意惹麻煩。我發覺掌聲稀稀落落的……文盲六孱居然帶了眼鏡。你可以看出來，眼鏡和他那張綳緊，長滿鬍鬚的臉很不相稱。可以說，他是滿臉橫肉……你叔叔也去了，筆直坐在一張籐椅上，狠狠瞪著演說人，像雕像般一動也不動，彷彿在審判他。」

「我知道他和六孱合不來。你知道我們家過道上那尊古銅像吧？你一進門就看得見。叔叔特別喜歡那一尊銅像，故意放在那兒，因爲他是在一個拍賣會中壓倒六孱而買到的。」

「你叔叔直挺挺坐在椅子上，手抓著扶手。但是他一動也不動，居然聽六尿談起保護女孩子貞節的重要，天哪，你若像我一樣當記者，你再也不會相信任何事情了。但是，我們四個報界的代表坐在前排，拚命記錄。集會完了之後，六尿來問我有沒有聽清楚。我複誦了一遍。他聽後很滿意，你看到今天早上的大標題了吧。」

「看了，結論就是這樣嘛，我們需要一個新的中國女人，需要的理由是保持她們處女的心懷……大標題，在第一版上。」

「當然囉，那是他自己的報紙。他對我們還不錯，他和我們共度了不少時光。他有什麼話要說給報界聽，就請我們到他的俱樂部去，解釋他爲什麼要替中國社會盡那麼多力。他使我想起狗肉將軍，懷中抱一個白俄少女和美國顧問見面。有時候我幾乎相信他是誠心誠意的。」

杏樂笑笑。「你覺得他不是？」

維生低頭壓熄了香菸，嘴唇抿起來。「算了，算了，你不會相信報上的每一條新聞吧？」

「有時候我也讀讀小報。」

「他也可以買通小報。你認不認識余雯小姐，那個文筆絕佳，最會諷刺的女作家？她在一份小報上寫了兩篇報導六尿的文章，妙語如珠，他立刻在我們報館給了她一份工作。我告訴你，六尿是新加坡最精明的人物之一……」

維生擺擺頭，吸引女侍的注意。說：「喂，再來一客生啤酒。」

「喝一杯薑汁露吧！」杏樂說。

「不，我不喜歡混合飲料。」

杏樂提到他叔叔要他娶吳愛麗，以及他自己的所做所為。

「你真是傻瓜，」維生說：「換了我，我搶都來不及，反正是女孩子，有什麼差別呢？」

杏樂不知道他的朋友是太膚淺，還是太深刻了。

維生又說：「愛麗是一個好女孩！我會很樂意當吳恩喜的女婿。天哪，我求之不得！」

「你如果受不了那個胖胖的老岳母呢？」

「我會要她花錢，花大筆鈔票和女兒分開。親愛的杏樂，你是理想家。我會去看她，與她和好，就算你不想要她也沒有關係，傷感情又算什麼，世界就是這樣的。」

「告訴我六屌的事情吧。」

「你是指報上沒登過或不能登的？」

「我叔叔談過不少。他常叫戲子到他的俱樂部去，每次玩女人只玩幾個月，就把她甩掉，又換新人。」

維生縐縐眉。「我不在乎他追女孩子，尤其是窮家少女。昨天的演說聽來很滑稽，就是這個緣故，聽眾都知道。如果他走私武器和彈藥到印尼，換取巴達維亞和泗水運來的少女，我也不吃驚。接收站的手下會替他辦這件事。我們合法的商人絕對不幹。」

「那他為什麼當中國商社的總裁？」

「因為他想當，別人不想。」

「他幹了些什麼？」

「我已經說過，我不在乎那些事。真正叫我吃驚的是，他太太在醫院動手術，他竟不肯去看她，最後他去了，是兒子們求他去的。」

「還有呢？」

「很多事情都是正經的商人不肯幹的。我們中國人是守法的公民，英國人訂下良好的法律，我們就乖乖遵守。中國人在南亞發達，全靠勤儉和守法。我們尊敬英國人，因為他們自己也守法。我們的商人都靠合法的生意發財。有時候他們恨不得割下彼此的喉嚨，商人全都一樣，但是他們不走私，賭牌也不作弊。」

「賭牌？」

「打麻將。你守秘密，我就告訴你一件事，他們俱樂部裡有一套完美的閃光信號系統，有一位檳榔嶼來的林先生，一夜之間就被吃掉十萬元。」

「怎麼呢？」

「你知道俱樂部打麻將的時候，有女侍來來去去送濕毛巾、飲料、香菸和水果。他會指示其中一位偷看對方的牌，然後上樓打電話，假裝是外面的來電，六尿就拿起附近的話筒來聽，只要六尿的同謀知道對方有什麼牌，不放出他要的東西來給他胡，對方根本沒有機會。當然，這一套也不能使用的太頻繁。還有其他的手法，女侍可以走上來問對方要不要『水』、『啤酒』或『威士忌』，這些字眼代表不同的一套牌，你去過那兒吧？」

「一兩次。」

「你知道，那是一個方形的大房間，三面都有窗戶面對大海。小小的電燈——紅、綠、藍、黃——掛在窗外。藍燈一閃，表示對方正要胡『風』。紅燈一閃，表示『竹』等等。裡面的燈光太亮了，對方毫無戒心，根本看不到外面的小燈。」

「一夜輸十萬！」

「你猜怎樣？林先生終身變成他的奴隸，六尿只要威脅說要收回全部債款，他就只好乖乖聽他的。」

「你怎麼知道？」

「喔，很多人知道，這種事情，他的同謀忍不住會透露給好朋友聽，有些女侍離職了，也會說出來。」

杏樂站起來，走到電話邊，打電話告訴茱娜他要回家吃晚飯。他回到檯子上，付了酒錢，留一張五毛的小費給侍者，拿起太陽帽，他們就走了出來。杏樂步伐很輕快，女孩子們忍不住多看了他一眼。

3

杏樂叫了一輛計程車，他知道大約二十分鐘才能到家。車子走上「康拿特大道」，穿過鐘塔和「廣場」，壯大的維多利亞紀念堂就在左邊。

他心裡一片混亂。聽來的消息使他非常洩氣。

他來新加坡已經六年了。大都會的魅力開始慢慢消失。他從來不覺得自己屬於這兒。這不是中國，也不是真正的西方都市。他還不能像他朋友或他叔叔一樣，把這個外國港都看成他的世界，情感上也不覺得親切。

這座城市的生命就是商業和船運，杏樂天生對這些不感興趣。大多數人忙著糊口，沒有時間思前想後——成千成萬賺不到旅費回中國的移民；身揹一百五十磅重物只換得一碗飯吃的碼頭工人，大伙兒離開家鄉的時候都夢想要發財的。他們兩手空空，只帶了幾件薄衫來尋找財富。他們看過，也聽過不少同胞出來，一年還能寄幾次錢回去。他們也希望這樣，也希望能寄錢給父母、妻子、兒女。他們咬緊牙關忍受一切，晚上倒頭就睡，累得什麼也不想了。這是艱苦的生存奮鬥，一向如此。少數人憑毅力、辛勞，一文文節省而闖出了名堂。少數人變成了富翁，但是大多數只夠塡飽肚子。有些人因爲寂寞、想家、絕望而失常——患了「著憨症」。「著憨」是一種著名的精神病，僑民都把原因歸咎於馬來婦人給他們喝的一種魔藥。

很多人是因爲有親戚在這兒開店，前來當助手。成千成萬的僑民一年年湧進來，逃避家鄉的人口壓力，散佈到馬來亞、印度中國、婆羅洲、荷屬東印度群島。

杏樂沉吟著，東西方的衝擊向來是痛苦的。這裡是著名的國際港，有一套英國法律、公理、聘用警察（**和中國完全相反！**）、公僕、銀行和財政的制度，對象卻是生活習慣和社會標準完全不同的人民。有些人前來，只因爲這裡能找到家鄉所沒有的法律和公理——這是唯一的理由——就爲了和平和安全，他們離開了溫暖的家庭。

英國人在這兒大多自比爲流浪者，遠離熟悉、習慣的倫敦，比卡得利廣場，漢普斯得或愛丁堡，約克郡。中國人也覺得自己是外僑，爲了商業理由而逗留在這裡，夢想有一天能回到故居，一切又熟悉如昔，習慣如昔。

當然還有馬來人，他們是這兒真正的土著，從來不認識其他的國家，此外，還有不少歐亞混血兒，是東西方接觸的產物，正在一個東方港都適應著混血的生活。

杏樂想起了韓星，他今晚要和她約會呢。也許要一個女人才能使他在這兒覺得自在，安定下來。很多中國僑民結婚定居，就永遠不想回故鄉了。

他回到家，他們已經開始吃晚飯了。他的位子擺得好好的。

「我們知道你馬上回來，所以沒有等。」嬸嬸說。

「喔，嬸嬸，你們當然應該先開動。」

嬸嬸就是這樣，就算在家裡，也永遠客客氣氣，禮貌周到。

她只有四十五歲，外貌甜美，幾近聖潔，看起來卻像五十歲的婦人。毫無疑問，她已經適應了自知不會好受的生活。叔叔一到四十歲還沒有子嗣，馬上就遵照儒家的傳統，娶了一個姨太太，他娶了茱娜。於是，嬸嬸自幼學到的好教養，與生俱來的敏感和體貼的本性都派上了用場。不過，她的眼睛仍然保留了難以言喻的目光，顯示她少女時代一定夢想著兒孫滿堂的婚姻，而不是現在無兒無女的狀態。她會乖乖忍受命運，絕不無謂動氣傷感。

阿花拿一塊熱毛巾給杏樂，他喝了兩杯薑汁露，神采飛揚，胃口大開。

「愛麗打電話找你。」茱娜說。

「什麼時候？」

「你剛走她就打來了，我正要出門，告訴她你晚上會回來。」

「有什麼事嗎？」

「她沒說。」

「她有沒有叫我打過去？」

「沒有。」

那又另當別論了，杏樂想。

他們繼續吃飯，杏樂覺得叔叔不時瞥他一眼，他以爲碰面的時候叔叔會大發雷霆，或者像平時一樣好好訓他一頓。但是他一句話也沒說，杏樂很意外，難道是暴風雨前的寧靜嗎？

「六尿……」他一開口就覺得氣氛不適合講笑話，猛然打住說：「喔，算了！」

晚飯後，杏樂走上樓梯，電話鈴響了。

「找你，少爺！」女佣大喊。

杏樂轉回來，到客廳接電話，茱娜和叔叔都望著他。

「是的……喔，是妳呀，愛麗……不，不……我很抱歉，不，一點也不……好的……」

「是愛麗。」他轉身說。

「她說了些什麼？」

「她打電話來替她母親道歉，說她很對不起……我不會放在心上的……還問我能不能見個面，要我明天到她家打網球，這種情況下，我只好答應了。」

叔叔舒了一口氣，表情輕鬆下來。

茱娜盯著杏樂說：「她到底是怎麼說的？」

「她說她和母親吵了一架，她很生氣，還問我氣不氣。」

「我沒有想到她會來這一招，」茱娜說：「她一定非常愛你，你打算怎麼辦？」

「我只好去看看她，至少禮貌性拜訪一下。」

他擺擺手上樓去了。

叔叔滿腔怒火，他走出屋子，來到鋪磚的陽臺上，茱娜馬上出來陪他，他默默點起一根在家常抽的尺餘長中國煙桿，悶聲不語，把煙灰倒在地板上，他才嘆一口氣說：

「水往低處流，永遠不往上流。杏樂的父親死後，我一直把他當兒子看待，我供他讀大學。畢業後，我原指望他協助我的事業，只要他對他的叔叔稍微體貼一點，敬重一點，我的產業就是他的了，但是水永遠往下流，不往上流，年輕人只想到自己，好像我對他沒有半點恩惠似的……」

「不是的，」茱娜解釋說：「我知道他很尊敬你，他不明白你爲他做的一切，他說他要走一個法律畢業生的路子，進法律事務所學一點實際的經驗，他想堅守他的行業，也有點道理。」

茱娜早就發現，老爺看起來很自信，其實對自己並沒有多大的信心。無論講話或吐痰，他的聲音總是很響亮，很堅定，但那只是他天賦的聲音。她發覺，只要別人用甜蜜、禮貌的態度來提出反調，他是很高興的；這樣可以考驗他的判斷。在這一方面，叔叔愈來愈依賴茱娜，總覺得她是一個談得來的女子，和她在一起又舒服，又有益處。如果的她意見和他相同，他就堅定了自己的信念，更加滿意。

「我知道，不過妳看看我，今天我們是新加坡人人景仰的家庭，我花了二十年的光陰才得到現在的成就，又過了五年才敢買下這棟屋子，我二十歲來到這兒，在橡膠廠做苦工。什麼都試過，苦了十年才省下五百塊錢，回家討了一個中國太太。現在年輕的一代不知道流汗、挨餓賺一點錢是多麼辛苦。（他說「年輕的一代」其實只是說杏樂。）杏樂有點像他父親，我把他父親接來，以爲他能幫幫我的忙，他待了三年就說要回去，他說新加坡與他合不來，我在漳州買了一棟房子給他。」

「他父親長得什麼樣子？」

叔叔的笑聲宏亮而低沉。「哈！哈！他有點像杏樂。這也不喜歡，那也不喜歡。父親去世了，我希望兩兄弟一塊兒奮鬥，但是他不肯，他回去教書了。喔，他自尊心很強！有時候我寄錢給他，但是他從來不向我要一文錢。說來，我也很得意家中出了個學者……不過這個杏樂啊，我原希望他有一點見識。他不必像我一樣辛苦。如果他以爲賺錢容易，讓他到熱帶叢林去採一天橡膠吧！我年輕時代多麼希望能和富家結親，他簡直不知道自己多麼幸運……我不知道他要幹什麼。」

少婦望望他，想了一會才說：「他好像不喜歡愛麗。」

「那他就是不知好歹，也許他會像他父親，終生潦倒……」

他們聽到姪兒的腳步聲下了樓梯，然後往大門的方向消失了。他們坐在向海的涼臺上，看不到他，不過他們知道他要出去。

夜色很美，一股涼風由海面吹來，海角向南彎曲，他們可以看見遠處市區的燈光，把海灣的天空都照亮了，地平線上映出桃紅的煙霧。他們正前方就是大海，只有小浪懶洋洋拍著泥濘的岸邊，海灣中間有一個小小的黑影，閃著幾盞燈光，那是漁人的據點，四周用樁材和漁網圍起來。近處的草地上燃起一盞燈，照亮了幾株高高、斜斜、三四十呎的椰子樹。天色漸暗，附近有蛙聲傳來，斷斷續續的，像誰在連續打嗝似的。

「他要去哪裡？」叔叔問。「年輕人整天整夜往外跑！」

「今天是星期六嘛。」她想庇護他。

「和女孩子約會，一定是的。」

茱娜聽出他微微嫉妒的口吻，她沒有答腔，她不只是護著杏樂。在她的內心深處，她不希望現在的生活有任何改變——一個完整的小家庭生活，她是丈夫唯一的伴侶，也是家中的女主人。他知道杏樂遲早要娶親，一切總會改變，但是她下意識阻擋這件事，儘可能拖延。當然她不歡迎一群勢利的親戚，他們一定會冷落她、輕視她。

韓星又不同了，她沒見過那個女孩子，但杏樂說過她是一個歐亞混血兒，她丈夫要是知道，豈不氣壞了！另一方面來說，歐亞混血女孩子很少進入中國家庭。她們的想法和歐洲婦女一樣，她也許要搬出去住。

茱娜不希望情勢太複雜，她自己要這一棟屋子。她已經幫丈夫管理產業，也認識所有員工，通曉了生意上所有的進帳和開支。她真希望自己能生個親骨肉！此外，她年少又摩登，有一個西化的女人當親戚也蠻有意思的。

他們聽到一聲鈴響，又聽到女佣上樓，一定是嬸嬸需要什麼東西，也許是一壺茶或一桿止痛煙吧。這是例行公事，他們一動也不動，如果她要找丈夫或茱娜說話，女佣會下來通知他們。嬸嬸沉迷在鴉片和佛教中，日子過得很自在，身心都得到了平靜，她通常兩週到廟裡燒香：這時候她一定在唸金鋼經——

色即是空；空即是色，所有一切眾生，若胎生，若卵生……如夢幻泡影，如露亦如電，應做如是觀……

真的，她苦心修煉，儘量相信身體，感官甚至心靈的生命都只是一種幻覺。擺脫了不可靠的感官所造成的幻覺，超越私、貪、瞋的世俗情緒，就可以達到無限的平靜。

她的生命是一場空？茱娜是一場空嗎？人可以瞬間達到高超的境地，然後又降回感官和心靈所顯示的形體情緒世界中。

「但是這樣太傻了，」少女甩甩頭說：「我不在乎，懂嗎？有時候人就是不在乎別人的說法和想法。從小我就說，我會照顧自己，也同情那些不會的人，懂我的意思吧？」

少女邊說邊吐出一口煙圈，努努嘴唇，發出好玩的笑容，她甩甩頭，齒孔微掀，迅速把頭髮向後攏，下巴再次托在手掌上，凝視暗處的夜景。

杏樂不斷盯著韓星的面孔，舉起一隻手輕輕愛撫她烏黑的髮絲，她也望望他，多情地微笑著，伸出一隻手去握他的手，臉上露出幸福、滿足的表情。兩張臉相距不到一呎，四目交投，熱情不止於一對即將訂婚的戀人。露天台子上的燈光映出了韓星白皙的輪廓，尖挺的齒子和長長的波浪形秀髮。

她握著他放在台子上的手，熱情揉捏著，雙眼在濃密的睫毛下盯著他。握手的姿勢彷彿說，她要保有這隻手——永遠永遠。

杏樂抓起她雪白、塗著寇丹的纖手，溫柔而熱烈地親吻著。他從來沒有和白種女人這麼接近過，她的外國髮型、高鼻子，尤其濃密漂亮的睫毛，使他像喝了烈酒一般。她的眼睛有時候嚴酷、冷淡或尖刻，現在卻充滿柔情。剛剛她開口大笑一件傻事，便露出一排明艷的皓齒。

今天她穿一件惹人注目的水手裝來逛東岸路的夜市——白長褲、低領的藍白條子套頭衫——還配上一頂別緻的小帽，現在帽子就放在桌上。

她突然靠到椅背上，用力過猛，頭髮都弄亂了，然後把頭一仰，雙手擱在腦袋後面，望著滿天星辰，懶洋洋說：「我才不在乎呢。」

是的，她不在乎這樣坐法，穿緊身毛衣的胸部會特別突出來。

然後她縱身一跳，站了起來，一手啪嗒戴上帽子，一手牽著杏樂的手說：「來吧，我們走吧。」

這對年輕的戀人緊靠在一起，他的手臂環著她的腰，兩人樂陶陶、飄飄然消失在夜色裡。

自從兩、三個月前認識韓星以後，他就被她直爽的脾氣，孩童般的活潑，以及有時候成熟、文靜的傲氣迷住了。

有一天下午，他在他家附近的海邊大道漫步，三個少女騎自行車向他駛來，其中一位由後面擦了他一下，自行車擺蕩了一回又伸直了，她回頭笑笑。他還不知道是怎麼回事，就看見那輛自行車一斜，她的紅裙子攤在地上。

這次輪到他笑了，他上前去扶她，她已經站起來，一手壓著膝蓋，一手摸摸頭髮。另外兩位少女也停下來。她扶起自行車，想牽著走，但是膝蓋痛得厲害，自行車差一點翻倒。杏樂馬上跑過去，自行車才沒有撞在地上。

「我替妳牽吧。」

她謝過這位陌生的男士，把自行車交給他，一跛一跛跟上去。

他們來到岸邊的一排排大樹下，樹底有草坪可坐，這時少女已兩度盯著他，好像不全是偶然，那兩個女孩子把單車靠在樹上，杏樂也把他牽的這一輛靠在那兩輛前面。

「痛不痛？」蘇珊問。

韓星掀起裙角，看見膝蓋上有一處紅色的傷口，還雜著一粒粒灰土。蓋骨上流出一行鮮血。

「你一定要坐下來，」另一位少女說。

她慢慢坐下來，背靠著一棵大樹，受傷的腿挺在身子前端。

「妳們倆先走，別管我，我在這兒休息一下。」

杏樂站在她面前，望著她露出的膝蓋和小腿，直挺挺架在草地上。

「要我幫忙嗎？傷口必須消毒上藥。」

韓星的雙眼慢慢由他晶亮的皮鞋，白帆布褲子移到一塵不染的絲襯衫上，第三次好奇地看著他。

「喔，沒什麼關係。」

「我就住在附近，我可以找一些繃帶來紮傷口，安全起見……我借妳的腳踏車好不好？」

另外兩位少女抬眼笑了笑。

「喔，妳不是故意跌倒的吧？」

「別胡說八道。」

幾分鐘後，杏樂帶著一瓶清水，紅十字膏藥，紗布和消毒棉回來。血已經差不多止住了，傷處亮晶晶的，小血珠在膝蓋附近滲成一條細流。

另外兩個女孩子正要下海灘去，特意走過來幫忙。

「去吧！我會照顧自己。」

她的朋友吃吃偷笑，一步步走下海灘去了，潮水不高，水深正適合游泳。這兒沙灘扁扁的，水色發灰，要走出兩百呎才能痛痛快快游一場。那兩個伙伴只游幾步，泡泡水，就在五十呎外站起來，水深及腰。

杏樂蹲下去替少女療傷，他覺得，能治療、清洗這麼漂亮又這麼大方伸在面前的玉腿，實在是難得的殊榮。她沒有穿絲襪，熱帶女孩子大多不穿的。至於她，她似乎也很高興被這位英俊、陌生的青年所擺佈，目光隨著他雙手移動，然後向上瞟，終於停在他臉上。

最後他小心翼翼，格外溫柔地洗掉她膝上僅剩的血跡。「可以了。」他邊說邊站起來。很意外，他發現自己汗流滿面，他拿出一條乾淨的手帕來擦汗，直到現在，他還沒有看清少女的容貌。

她高高興興笑著注視他。「喔，你的領帶上有一塊血污。」

杏樂低頭一看，白領帶上有一個小小的血珠。「沒關係。」

「來吧，坐下來，我替你擦掉。」

杏樂乖乖跪在草地上，她倒出瓶中的清水，沾溼了用剩的棉花，儘量把污跡洗掉。他很欣賞這個迷人的姿勢，和她血衫下雪白的胸脯。

水中的兩位少女正在尖叫，大笑，互相潑水，而且大喊說：「嘿，韓星，妳在那邊幹什麼？」

杏樂問，「告訴我，妳是誰？」

「只是一個傻女孩，你又是誰呢？」

「只是一個傻男孩，我想他以後會更傻，爲妳而癡狂。」

「喔?!」

杏樂不明白，自己的命運已經在那一刻注定了，無形的紅線把他們緊緊拴在一起。他們一次又一次會面，他發現韓星大膽、不安的心靈和他很相像，除了外形迷人、活潑，更充滿精神、興致和衝勁。他喜歡她的聲音、面孔、頭髮，尤其欣賞她深黑的睫毛，中國女孩子是很少見的。他們有很多共同的喜好，她認識他正是時候；有了她，他可以忘掉一切寂寞。年輕的他在這位異國風味的女孩子身上找到了浪漫夢境的迴響。韓星也深深被他迷住了，從來不拒絕他的約會，他們愈來愈分不開，彼此愈來愈相愛了。

韓星很狂放，很衝動，對禮俗蠻不在乎的，這一點特別吸引他，她是半孩子半成人，很容易放縱於一時的快樂，把其他事情忘個精光。杏樂自己也是社會習慣的叛徒，總覺得有必要做一些不尋常的事，打破生活的單調。身爲男人，他是很寂寞的，渴望女性的聲音，女性的愛撫，希望看到女性的鞋尖向他走來。他們初見的那一天，他最高興的莫過於她歡歡喜喜讓他療傷，不故作矜持。

他在大學和市區裡見過不少歐亞混血女郎，但是很少注意她們，這也不是女孩子第一次對他表示興趣。但是他在韓星身上找到了他的理想——一個衝動、大膽、無憂無慮的女孩；愉快、熱情，卻不太有責任感。

後來他才知道，她母親是中國人，在她三歲那年被她葡萄牙籍的父親拋棄。當時他們住在香港，後來才搬到新加坡，他們現在住在城東的貝多區。她在果園路的一家奶品店工作，很多說英語的人士，尤其是英國主婦和兒童下午常常到那兒吃冰淇淋，喝冷飲，或者買些其他的奶品。

那是兩個多月前的事，除了茱娜和好友維生，他沒有對任何人提過他熱戀中的少女。

就在這當兒，杏樂的叔叔提起吳家的婚事，他不懂杏樂爲什麼那麼遲鈍，竟然不欣賞大家求之不得的機會。

大家都覺得，杏樂該結婚了。他已經拿定主意，在適當的時機要告訴他的叔叔，他不想讓叔叔失望，也不想傷愛麗的心，但是他知道這也無可奈何，遲早……

冷靜的人一旦戀愛，會愛得更瘋狂。

維生故意逗他。

「喔，哈！哈！你也掉進去了。」

「爲什麼我例外？韓星使我自覺年輕，有生氣。」

「我從來沒想到你是這一型的人，江山美人！」

維生思索著一段優美的中國散文。

女人的愛

粉碎男士的心靈、野心、計劃，

愚弄最優秀、最聰明的男子。

他不愛國土，只愛嬌后。

不愛江山愛美人。

這段小文章是說，歷史上最偉大的英雄也逃不過美人關，難怪他的朋友杏樂最後也屈服了。

4

杏樂現在常設法到果園路的奶品店去看韓星。他叫一客冰淇淋或巧克力聖代，靜靜看她當班，在檯子間轉來轉去。他告訴過她，不能打電話到他家去。

通常一到下午，他正忙著打一批文件，細查上司用小字做的修正或批改，準備中文文件的英譯工作，或者參考法律書籍，這時候他就很想見她了。

他的辦公廳離「彩籤商場」只有五分鐘的路程。座落在一棟古老的七層水泥大廈中，門很大，天花板也很高。一臺大紅木槳葉的吊扇由鋼管垂下來，不斷沖走熱氣，在頂端嗚嗚作響。他的座位靠近一個十呎外就有一面磚牆的窗戶，正好吸收熱流的尾勁兒。

一到五點，他就戴上太陽帽，穿上白外衣，衝下兩層樓梯——不願意等電梯——掠過印度剎帝利籍的守衛，走上熱烘烘的人行道，他的腦筋敏銳又活潑，彷彿這一天才剛剛要開始。

這時候，冰淇淋店往往擠滿了顧客，韓星穿著白圍裙，正忙得不可開交，但是她總設法走過來，低聲講一兩句話，然後高高興興繼續工作。他發現有些年輕人，甚至年長的男子，都瞪著她優美的身材，百看不厭。如果他有事不能和她約會，也會來看她幾分鐘。

茱娜發現，他晚上不在家的次數愈來愈多了。有時候他會找藉口打電話回家，說他不回去吃晚飯；然後在七點左右去看韓星，那時大多數英國太太和孩子都回家吃晚飯去了，顧客稀稀落落的。他常常叫一客冷飲，靜靜等候，不然就到轉角的酒店去喝一杯蘇格蘭威士忌加汽水，或者新加坡薑汁杜松酒，消磨消磨時間。然後他們再一起吃飯，共度黃昏。

出納員和另一位侍者尼娜都知道杏樂是韓星固定的男朋友。看她工作與晚上約會完全不一樣。她精神勃勃，在檯子間轉來轉去，送東西給顧客，擦桌子，拿起小費，放在圍裙的口袋裡。有時候她似乎會被人趕來趕去。她低頭注視某些女顧客的時候，杏樂看出她眼中有苦澀的光芒。他通常坐在偏僻的角落。她稍有空閒，就在櫃檯後面的位子上休息。她的眼睛瞟向遠處，透過半閉的睫毛，掠過別人的頭臉，向他這邊望過來。

有一次他們發現店裡沒有別人。尼娜十點上班，六點就走了。那時已七點半，一個客人都沒有。韓星到他的檯子上坐下來。出納員提馬太太也不在意。她是一個四十多歲的黑皮膚女人，有雙下巴。

杏樂遞一支菸給女友，韓星伸手去接。

「喔，不行，韓星。這是違反規定的，」出納員說。

韓星把香菸收起來，皺皺眉頭。

「妳如果非抽不可，就到後面去抽吧。這裡不行。」

「拜託嘛。」杏樂懇求提馬太太。

「抱歉。這是規定。」她對女侍飄來一個和藹的微笑。

「喔，好吧……沒關係，」韓星嘆口氣說：「反正快要打烊了。」

杏樂待到店鋪關門才走。

他們一踏出門，杏樂就拿一根香菸給她。她接過來，長長吸了一口。

「有時候我累得腳跟都麻痺了。我從中午就忙到現在。整整八個鐘頭，轉來轉去，幹呀幹呀，簡直不知道自己做些什麼了。」

他們轉過街角，一家玻璃窗上用紅黑的字體映出了奇怪的店名：「公主酒吧」。那是一間L形的屋子。前面被吧檯佔了一半。左邊是一間凹室，牆邊有沙發座椅。四張暗色的橡木檯子，陳舊的頂端刻著不同的大寫字母，給屋內帶來親切、熟悉的氣氛。兩盞壁燈發出了黯淡的光芒。牆上還有一副快船畫框和幾張美女貼像，顯得雜亂無章。這是一個你把帽子放在桌上，也不會有人講話的地方。

杏樂叫了一份雪利酒，韓星叫了一客輕啤酒。她把頭仰靠在牆上。雙眼亮晶晶的。

「妳的生活也不太愉快。」他說。

「愉快？我恨透了。一天過完，我都累死了。」

「收入有多少？」

「不一定。我一天可以收到三、四元小費。永遠沒個準。衣著最講究的貴婦最小氣。有時候一個衣冠不整，好像六、七天沒有修面的糟老頭會送你一塊錢。上週，尼娜由一個水手那兒平白收到五塊錢的小費。你就跑你的檯子，對大家客客氣氣就對了。」她現在彷彿輕鬆不少。

「多談談妳自己吧！」杏樂說。

「沒什麼好說的。我三歲就成了半孤兒。根本不記得我父親了。他是葡萄牙人，在香港工作。」

杏樂一隻手搭在胸上。另一隻手挾著香菸，下巴伸出來，望著燈光較亮的吧檯方向。然後他把手擱在她膝上。輕輕捏一下說：「我很高興認識了妳。」

她挨近來說：「我也是。」

他輕輕吻了一下她的前額。「告訴我，他們怎麼會叫妳韓星呢？這不是中文，也不像葡萄牙文，倒像瑞典名字。」

「這是我父親取的小名。我母親說，我學名是葛萊琪拉。我父親走後，媽媽繼續叫我韓星。」

「她很疼妳。」

「當然嘛。我是她唯一的孩子。你覺得可笑嗎？」

「什麼？」

「我的名字。」

「既然我認識了妳，這就是世界上最美的名字。」

「我坦白告訴你。我不想隱瞞什麼，因爲我們彼此相愛。我想這個名字是指『美人魚的孩子』。我母親是一個『美人魚』——你知道廣東話吧——鹹水妹。」在廣東話裡，這個名詞專指接白人水手的風塵女郎。

「妳是跟她長大的？」

「我母親送我讀了三年書。我十歲的時候，我們搬到新加坡。我去讀一所教會學校。我受不了。讀了兩年就走了。我沒有什麼童年生活，我是在街上長大的……」

「卻長成我所見過最美麗的少女。」

她調皮地拍拍他的手。

「妳不喜歡現在的工作。」

「這不是喜不喜歡的問題。這是生活。當然啦，這個工作比女管家要好一點。我曾經在幾個英國家庭做過。我受不了。你知道，他們不把你當做白人，也不當做馬來人。你處在夾縫中。反正，我喜歡店員的獨立。你上班八小時——然後你就自由了。我受不了人家對我大吼，發號施令。」

「我很想見見妳母親。」

「真的？」

「妳不覺得我該去嗎？因為……」

少女瞪著他。

「因為我想進一步認識妳，看看妳的生活，妳的房間之類的。而且，等我求婚的時候，我希望妳答應。」

她雙目轉向他說：「你知道我會的。」

他伸手去摟她的背部，覺得她整個身體顫動了一下。現在她的頭靠在他肩上。她簡直不是說話，而是喃喃念著心中飄過的念頭。

「有時候我真不敢相信。簡直像做夢──一場我從小就做的美夢。我常常做白白夢，想東想西的。有一個男人在我身邊。」她的手指撫弄著他的下巴。「我們會有家，有孩子，不必過我母親那種生活。那種日子太艱辛了，杏樂，我告訴你。女人在世上單獨奮鬥，實在很辛苦，辛苦極了。我知道。」

現在她的手指滑到他頭頂上，抓住他一撮頭髮。

「杏樂，我好幾次經過你家，從大門向裡望。你為什麼不請我到你家呢？」

「一定會，等時機成熟的時候。」

她的頭猛抬起來，人也坐直了。

「為什麼不現在去？因為我是歐亞混血兒？」

「我叔叔是一個很固執的人。不但固執，中國味也很濃。他對自己身為中國人，覺得很榮幸，就像英國人為英國而驕傲。他老想撮合我和一個中國少女……我已經下定決心，非妳不娶。但是我必須慢慢說服他，靠茱娜的幫助……。」

「茱娜是誰？」

杏樂告訴了她。

韓星知道種族的障礙。身為歐亞混血女郎，她始終覺得自己在東方和西方兩個世界中飄蕩，卻不屬於任何一邊。

新加坡就是這個樣子。各種人都有：中國人佔多數，馬來人是在自己的國土內，另外還有印度人、坦密爾人、祆教徒和歐洲人。東西方為生意而接頭，但是從來不混在一起。各種人還沒有統一成風俗相近、信仰相同的大同社會。歐亞混血兒有些是大學畢業生，有些沒念過大學，都在機關裡當雇員，大多自成一個團體。他們的外貌、習慣、語言都完全西化，但是情緒上不親近任何國家，也許對父親或母親的祖國稍微有點例外。

譬如尼娜吧。她是西班牙和中國的混血兒。所以她很漂亮，眼睛也和韓星一樣美。她朋友蘇珊在彩籤商場「小約翰」隔壁的一家英國公司當速記員，父親是愛爾蘭人，母親是馬來女子。蘇珊喜歡把自己當做純白人，純愛爾蘭人。她一輩子不會嫁中國人。她是天主教徒，卻上安琪利教堂做禮拜，因為她覺得天主教彌撒有太多中國婦女和兒童參加。在英國教堂內，四周都是白人，她覺得很自在，這種社會正是她渴望進入卻沒有其他機會進入的。除了這一點外，她算是一個愉快、講理、健康的少女，準備成家、煮飯、生孩子。她只喝瓶裝、人工染色的橘子汁，不吃新鮮水果，怕得到傳染病。總而言之，她只是一個摩登的少女，在英國港都長大，一切想法都來自「桃樂菲狄克」節目、電影、雜誌和各種商業廣告。

韓星的家在貝多區，靠近海岸，是城市的東郊。這個地區有很多單調的二、三層磚房，每間都有一小塊園子。房子很舊，是用紅磚砌成的。頂樓住著另外一家人。她們有一間客室，母女和一個四歲的小孩睡在同一個臥房裡，廚房很大很亮，通向小小的後院，後面是另一排統一的磚房。

馬太太頭上戴滿飾物，擦了香油。她四十多歲，已經發福了，不過若生在好環境，還可以相當動人。像大多數廣東婦女一樣，她在家穿著黑漆夏布的睡褲和拖鞋。而且像大多數熱帶婦女，不穿絲襪。她對誰都是一臉敷衍的誠意，韓星介紹杏樂，她馬上堆滿笑容。

「原諒我們這兒亂糟糟的。你來真好。韓星常常談起你，我巴不得看看她這麼傾心的男士長得什麼樣子。」

杏樂靜靜笑了一下。

「我們什麼都談不上。」馬太太的語氣使他立刻輕鬆下來。「但是妳家有一個舉世無雙的明珠喔。」

他看看韓星。母親立刻明白了他的意思。

「喔，反正她對我來說是一顆明珠。」她說。馬太太有一雙利眼，能看出男子的心事。一張年久失修的褐色沙發椅放在窗下，窗口掛了厚厚的簾子，抵住窗外炙熱的陽光。傢俱只有幾張椅子，一張有木架擱腳的廣東硬躺椅，和一張栗木圓桌。電話放在一角的矮桌上。壁紙是暗紅暗綠色。這個地方連假派頭的氣氛都沒有。

杏樂發現她母親皮膚很白很細，開始對她的圓臉發生了好感。她菸癮很大。她女兒告訴他，她是靠啤酒和香菸活命的；她午餐只喝啤酒，配點香腸；不過晚上韓星回家，她總是準備豐盛的熱餐。

韓星一直站在旁邊，手放在他肩上，或環在他背後。

「你要看我家。現在看到了。」她又對她母親說；「他說他想知道我的一切，我睡覺的地方，吃飯的地方……你還要不要看看別的地方？」

「當然要。」

她牽著他，先看臥室。屋裡有一張雙層床，旁邊還有一張小吊床，緊靠著牆邊和窗口，窗外就是後院；一張大梳妝檯背面有一個活動的橢圓大鏡子，華麗得不太相襯，想必是拍賣場買來的；還有一張巨大的二手貨黑衣櫥，帶著巨大的方形銅把手，和整個房間格格不入。杏樂站在門內幾呎的地方，瀏覽四周的擺設。

「小吊床誰睡？」

「我的孩子。他睡不下了。現在跟我睡，或者跟他外祖母。」

「妳的孩子？」

「是的。我們進門的時候，你看到他了。」

她拖著他參觀明亮的廚房，比比手說：「現在你都看見啦。」

杏樂親了她一下，表示感激。

「我有小孩，你覺得意外？」

「妳沒有告訴我，妳以前結過婚。」

「沒有，那個孩子是我的孽障。」她清描淡寫，一點也不難爲情，讓他自己去下結論。

他們回到客廳，馬太太靜靜微笑說：「現在你已經把我們的小屋子看遍了。」

「是的，我很高興，這是妳女兒的家，對我就有意義了。我也很高興見見她母親。」

「我們也很高興，希望你在這邊覺得自在，她很愛你，你知道的。」

「我也愛她。」

杏樂和韓星相視而笑。

母親繼續問起他的工作，他的家庭，偶爾穿插些愉快、彆扭的笑話。她的聲音很年輕、很洪亮。她說她不反對女兒嫁紳士，避開壞蛋。她覺得城裡徘徊的人都是「壞蛋」。

杏樂起身告辭，她伸出雙臂，直率地看看他說：「你一定要再來玩，隨時歡迎。」

他走了以後，她轉向女兒，用失望的口吻說：「我以爲他是來求婚的。」

「喔，媽！……你喜歡他嗎？」

「很喜歡，他真是一個俊俏的男人。禮貌周到，外貌嚴肅，又有一份好差事。」

她走向躺椅，面孔突然憔悴下來。「喔，我真累，我厭倦這一切艱苦的奮鬥、節約、省錢。我希望有一天妳嫁人，我們可以有一個自己的家。」

「他實際上已向我求婚了。媽，妳不覺得他好極了？他對我說了不少甜蜜的話，使女孩子覺得很舒服，覺得自己真正被人愛。」

「妳沒答應他？」

「他懂的，我不必多說，但是他還沒有帶我去見他的家人，有一位茱娜……。」

「茱娜？」

「他叔叔的姨太太。」

「妳見過她？」

「沒有。」

「喔，孩子，你年輕又漂亮。不要走上妳媽媽的錯路，我很高興妳擺脫了六尿那個壞蛋。」

「不是我擺脫他，是他把我甩了。」

「我覺得這個男孩子好像很正派。他似乎蠻認真的，如果妳讓他溜出妳的手掌心，那就是妳自己的錯了。」

5

國民革命軍已到達揚子江畔，在岸上停留，準備繼續北伐。國民政府已經在南京建立了。北方仍有大軍存在，全國的統一要到兩年以後才完成。

南京攻陷，一度控制東南各省的孫傳芳將軍的兵力敗的敗，投降的投降，有些則解散、消失了。不在北伐線上的軍隊仍然僵持下去，等著向國民軍方面討價還價，希望合併之後仍能保留地方的勢力，或是編到各單位。

局勢很亂。蔣介石在江西途中抓到了俄國顧問鮑羅廷想利用國民革命、擴大共黨勢力的證據。蔣氏在上海斷然和共黨盟軍決裂。鮑羅廷轉到漢口，很多國民黨領袖也跟他到那兒建立一個「左翼」政府，雙方都宣布代表真正的國民黨。

軍方和漳州的地方指揮官做了一番協定。杏樂的叔叔陳山泰決定回家鄉看看新局面，同時向新的地方政府重新登記他的產業。

叔叔不在，杏樂有時候會在家招待朋友。偶爾也帶韓星回家，吃吃飯，在向海的陽臺上坐一晚，或者再次出門。

韓星已經見過嬸嬸和茱娜，茱娜儘量使她賓至如歸。雙方各有目的，茱娜和韓星居然交上了朋友。茱娜很高興杏樂娶一個外國少女。

有時候杏樂出去一整夜，直到晨間三、四點才回來。他問韓星，她母親會不會不高興，她保證絕對不會。

杏樂偶爾也應邀參加愛麗的宴會，但是大部分婉拒了。他從來沒有約她出去過。叔叔不在，茱娜自由多了。麾里斯牌的汽車任她使用，她常常進城，有時候也到辦公室看看。她比以前活潑，也不安份了些。

有時她會由旅館打電話給杏樂，邀他去吃午餐。這時候，她總是刻意打扮一番。細白的皮膚經過化妝，簡直像二十出頭的少女。

他們有很多話可談——他們的事務啦，朋友啦，她進城的任務啦，她尤其喜歡問他和韓星的事情。有時候真叫他發窘。

「你們上哪兒去了？」有一天她問他。

杏樂自覺需要她幫忙，所以答得謹慎，「到老地方。」他說。

「哪裡？」

「海岸附近，她要嫁我，我要娶她，叔叔回來，妳一定要幫忙。」

「當然，我一直很喜歡你，你知道的，你認爲我對你叔叔真的有影響力嗎？」

「當然，女人對丈夫總是有影響力的。」

「我儘量幫忙，他漸漸老了。有時候很健忘，你沒有告訴我，你們一整夜在沙灘上幹什麼。」

「和所有年輕的戀人一樣嘛，談情話，接吻。」

「就這樣？」

杏樂不想回答，茱娜看看他，抿嘴笑了。

「好吧，」她說。「我現在要回家了。已經逛了一早上，我只是要讓你明白，你要我做什麼，我都肯的。」

她這話是什麼意思？到底是什麼意思呢？假如她的話不清楚，她看他的眼光，以及纖手摸他良久的動作，他一定明白的，他送她上車，然後回到辦公室。

有一天，他接到她從旅館打來的電話，說她有要事，非見他不可。

「有件事情我一定要告訴你，而且只能告訴你，非常重要。」

「什麼事？」

「電話裡說不清楚，你能託辭來一下嗎？」

「呃……我想可以吧。」

「就說你要去看一個病重的親戚吧，隨便說什麼都成，我在南京飯店，來吃午飯，飯後我們談談，你再回去辦公。」

午餐的時候，她沒有談到那件事，不過顯得很興奮，還有些緊張。眼睛四周的皮膚非常光滑，鬢邊的捲髮使她顯得楚楚動人。有時候眼睛看起來整個都是黑的。

午餐過後，她說：「上我房間來吧。我在樓上開了一個房間，我們可以上去談。」

他們進了電梯，來到三樓，走到門邊，她用鑰匙開了門，在外邊掛上「請勿打擾」的牌子，然後從裡面反鎖。

這是一個大號的房間，閃爍的陽光由窗外射進來。她走上去，把百葉窗拉下一半。

「外衣脫掉吧，好熱，你要不要洗洗澡？」

杏樂脫掉外衣，放在椅背上。

「我覺得很舒服。」他說。

「你不要洗？真的不要？我可要洗一下，我一早上都在流汗。」

說完她就進浴室去了。杏樂坐在那兒，不知道她有什麼鬼事情一定要叫他來，這樣秘密討論。

過了一會，他聽到她叫：「杏樂，把我的梳子和口紅拿來。」

「妳怎麼不出來拿呢？」

「沒辦法，……拜託，在我手提袋裡。」

過了一會，她又說，「口紅和梳子，找到沒有？」

他敲敲浴室門，她開了一個小縫，他看見她身上只裹著一條毛巾，酥胸半掩。她伸出光光的膀子來接那兩樣東西。

又過了五分鐘，她圍著粉紅滾白邊的浴袍出現了。

「你別在意，這裡熱死了，又沒有別人。」

她坐在沙發上，除了透明的浴袍，真的什麼也沒穿，然後她站起來開電扇，又用手拍拍沙發。

「來嘛，坐下來。」

杏樂看出她的意思了。他在家裡見過她各種衣冠不整的姿態，但是這一回已到達極限。她看起來真漂亮，是刻意打扮過的，一個女人穿著拖鞋，頭髮放下來梳成辮子，看起來真像年輕的少女，他猶疑不決地上前坐下。

「現在真的沒有別人，我們可以好好談一下。」

「談什麼？」

她舉起一隻手，拂拂杏樂前額的那一撮亂髮，用她慣有的低音含笑說：「別傻了，前幾天你要我幫忙，你若求我，我當然會幫你，說不定你也可以幫我一個忙。」

「那要看什麼事了。」

「別以爲我在你叔叔背後說他的壞話，那個老古板，他根本不知道年輕人的需要，我年輕，長得還馬馬虎虎，我也有一個難處……給我一根菸吧。」

杏樂由口袋裡掏出一根，替她點火，他們的面孔貼得很近。她抓穩他的手，向上望著他。杏樂臉紅了，他覺得非常不舒服。

她長長吸了一口菸，他縮回手，她的手也跟下去。她說：「有時候我覺得好寂寞，除了你，不能對任何人說……」

「那就告訴我吧。」

「你要先告訴我，你真正關心，肯照我的意思去做，你對我還滿意吧？」

這問題很牽強，似乎沒有必要。

「茱娜，拜託，妳到底有什麼煩惱？」

「你以爲我沒有煩惱？」

「是妳自己，還是我們家的問題？」

「我自己和我們家都有關係，除非你說你對我滿意，你很喜歡我，不然我不能說。」

「茱娜，我喜歡妳呀……很喜歡，到底是什麼事？」

「那就好多了。」她倚進沙發裡，把浴袍往上拉，眼睛望著天花板，彷彿自言自語說：

「杏樂，我要向你傾訴一切，你叔叔不必知道也無法瞭解的一切，那個老古板夜裡常打鼾，我很輕眠，常常睡不著——胡思亂想，想著我自己和你們家的未來，等老傢伙過世，就只剩我們倆了，對嗎？」

「對呀。」

「我意思是說，你嬸嬸對家務事不感興趣，她只想救她的靈魂，她伴著她的古佛——」少婦吃吃笑了幾聲。「我們倆要從頭開始，如果我們互相多瞭解一點，不是更好嗎？有時候我常想，你為什麼對我那麼冷淡，昨夜我聽到你兩點才回來。我告訴過你，我有失眠症，你不覺得我有些感觸嗎？我再也睡不著了。我聽到你上樓的腳步聲，我聽到你開燈……我爬起來，到走廊上望著你房裡傳來的燈光……我……」

她突然泣不成聲，倒在他懷裡，「杏樂，求你，我好愛你。」

他怎麼讓自己陷入這樣的局面呢？他承認她外形很美，但是他的教養不容許家裡有這樣的關係發生，倒不是愛她而又不敢的問題。

他感到女性頭部的重量輕輕壓在他胸上，她的手臂緊抱著他的身體。這就是茱娜，一向很冷靜，現在完全崩潰了，又弱又纏人，像小孩一樣大哭著，他怎麼辦？

「茱娜！茱娜！」他柔聲說著，扶起她的肩膀，輕輕推她。

少婦抬頭看他，兩眼溼溼的，充滿哀求和情意。杏樂一時呆住了。他們的面孔貼得很近，突然她用力吻了他一下。

他也回吻，遲疑一下，突然中止。

「妳不能……我們不能……」

「杏樂！我對你好吃驚！」

整整兩秒鐘，他們四目交投，兩人都看透了對方的意思，她的眼睛交雜著迷惑、失望、熱情的光輝。

「剛剛你還說你喜歡我。」

「茱娜，拜託……請妳諒解……我不是不知道妳的魅力……妳是我的嬸嬸哪。」

茱娜把眼光轉向窗外，淚珠慢慢沿面頰流下來。

杏樂以爲她會生氣。似乎沒有。也許她真的愛他；也許她現在的心情很特別。

她沒有回頭，仍然望著窗外說：「你不喜歡我。」

「茱娜，我喜歡，只是……」

「那就原諒我，把這回事忘掉。」

「當然，妳是我的嬸嬸嘛。」

「我不是妳嬸嬸，我只是一個可憐、寂寞的少婦，女人不喜歡乞求愛情，我求了你，你卻拒絕了。」

「妳難道不明白……我們的家庭關係……」

「別再提這些了。」

她掀起浴袍的一角來擦眼淚，杏樂忙抽出一條手帕。

她對著手帕抽了幾口氣，再次開口的時候，已經冷靜多了。

「我們的關係沒有變？」她回頭看著他說。

「希望沒有。」

「無論如何，我們倆個是家中唯一的年輕人，現在如此，最近幾年也如此。你有沒有想過這一點？」

「坦白說，沒有。」

茱娜逐漸說出她自己的想法。「你叔叔沒有兒子。」

「我從來沒想過這些。」他真的從來沒想過繼承權的問題。

「我不得不承認，你是一個怪人，你從來沒想過，你若對你叔叔好一點，你也許會分到他的財產，甚至會變成他的繼承人，你堅持要還清他供你上大學的錢，他簡直氣壞了。」

「真的？」

「當然，這等於說，他不是你的親叔叔，你為什麼這樣固執呢？你也不明白我的處境……你不明白。我多麼希望有一個兒子！」

杏樂漸漸明白身邊這個少婦的想法了。

「我坦白對你說吧……你也許會奇怪，我今天為什麼要你來做這件事。首先，我希望你和我更進一步互相瞭解，我以為你是害怕，既然你不敢求我，我只好求你了。第二，你對外人亂施恩情，何不施給家中最親的人呢？」

「我愛韓星，希望妳瞭解。」

「我能不能說下去？我覺得有必要解釋一番，我不知道自己什麼時候才發覺愛上了你，我們每天都那麼接近。我今年二十七，只比你大兩歲，我聽到你說你愛韓星，心裡好難受，你懂嗎？我很想要一個親生的兒子，就對自己說，如果一定要借別人的種子，為什麼不乾脆用陳家人呢？你叔叔不需要知道。孩子若像你，就具有陳家的特徵，為什麼不行？你現在明白了吧？」

「我明白了，」他對這個女人的想法愈來愈驚訝。「我希望妳明白我為什麼不能這樣做。」

茱娜把頭向後一仰。「你是個怪人。」她絕望地乾笑了幾聲。「曾經是山裡的孩子，便永遠是山裡的孩子。杏樂，我說得夠清楚了嗎？」

「嗯。」

她抓住他的手說，「我們可以做好朋友，很好的朋友。」

「是的。」

他還弄不清怎麼回事，她已經在他唇上留下了一個熱吻，他忍不住回吻了她。然後她打住了，平靜地說：「原諒我。我滿意了，我不得不這樣。」

「請妳記住我愛另外一個女人，請妳守住一個嬸嬸的身分好嗎？」

「這嬸嬸卻熱戀著她的姪兒。」

杏樂從椅子上站起來，茱娜只好放開手。他笑笑說：「妳知道，妳叫人心慌意亂。」

「謝謝你。」

他穿上外套，看了她兩回，彎身捏捏她的臉頰說：「我們在家不能這樣，我們要小心。」

「我會留意的，我可不敢哪。」

他走出去，關上門，長長吸了一口氣。

虧茱娜想得出來！她想和姪兒來一手，可不只是情感上的理由，因爲他是叔叔將來唯一的財產繼承人，她想出的辦法能保障她的安全，她的兒子就是他的兒子，由另一方面來說，她若不生兒子，叔叔可以再娶一個太太，她居然想用這麼特別的方法來解決她的問題！

他不知道今天的事件對他的未來有多少影響。

6

叔叔去了一個多月就回來了，帶回不少故鄉的消息。漳州已經變了；城牆拆掉，一條爲汽車而造的碎石路正在鋪設中。到處都是新的國民黨旗，巨幅的國父遺像，以及郵局和銀行的女員工。女人都燙髮，穿旗袍。少女大多梳馬尾。到處都是海報標語：「廢除不平等條約」、「廢除治外法權」、「服從三民主義」等等。穿中山裝的青年黨部工作人員也隨處可見。

全家都聚在一起打聽故鄉的消息。秀英姑姑知道哥哥回來，也來了，此外還有陳大嬸、茱娜和杏樂。

叔叔顯得很高興，精神也不錯。他的眼睛明亮多了，興高采烈談著他的見聞。他這次返鄉，似乎很愉快，他已經十年沒有回去了，對自己這些年來的成就覺得很滿意。他的聲音像砲彈似的。

「我在鼓浪嶼住了一星期，在漳州住了一星期。故鄉漸漸發達了。每天晚上都有人請客。新首長聽說我回來，也請了我一頓。我們的宗親都來了。我捐了一千元給我們五里沙村的學校。他們說他們需要一棟新建築。幾位窮親戚住在我們漳州的房子裡。屋頂漏水，我叫人在東廂加蓋二樓，把房子粉刷一遍，院子裡的破石頭也換上新的。」

「你見到我母親了吧？」杏樂問。

「沒有，她身體不太好。我沒辦法上西河去看她。但是你姐姐美宮聽說我回鄉，到漳州來了一趟。她帶來你母親的消息。她晚上常咳嗽。她們都問起你，還問你什麼時候結婚。」

「她們？」

「是的。你猜誰陪她來的？我不知道你四姨媽有一個這麼可愛的女兒。她是你四姨媽的女兒吧，對不對？」

「是的。」杏樂心跳不已。「你這次看到柏英了？」

「柏英就是我常聽杏樂談起的表姐妹囉？」茱娜連忙說。秀英姑姑咬了咬下唇。

「是的。她問起你的近況，想知道你的一切。說你們倆是一塊兒長大的。我不記得以前見過她。也許見過，她那會兒還是小孩子呢。我離家太久了。原來她是你的表妹。」

「是的。她媽和我媽是同一個祖父生的。」

「喔，她叫我二姨丈，」——他微笑了——「有這麼一個外甥女，我覺得很光榮。她很熱情，很友善。一笑眼睛就瞇起來。我知道她祖父去世了，她獨自管理田莊。」

秀英姑姑說：「我對她很清楚。她十二、三歲就很活躍，很會幫她媽媽做事。」

「那就是柏英哪！」叔叔說。「我在漳州的時候，她老問我：『姨丈，你要不要這個？姨丈，你不要那個？』看到下一代的好孩子，誰都會感到驕傲。我說要帶她來。但是她說不行，她不能拋下田莊不管。她要我告訴你，她希望你回家看你母親。你母親病了，孤單單的，需要人照料……喏，她送東西給你，還有一封信……美宮也託我帶了一封。」

大桌上有幾個包裹——一包包乾荔枝和乾龍眼。還有送給嬸嬸、秀英等人的名產纖維花及絨布花，是女人的頭飾。有一包註明是給杏樂的。

杏樂打開來，意外發現一塊發粿，送者知道杏樂最愛吃。四周圍著甜甜的荔枝葉和幾顆荔枝核。她簡直有點孩子氣，彷彿要他記起童年的遊戲。

杏樂打開美宮的信，信裡提到不少故鄉的消息。

另一個信封裝著柏英的信件。杏樂簡直不敢相信。

「不！她不會寫字！她從來沒寫信給我。」

「我親眼看到她寫信封上的地址。」

不錯，筆跡幼稚、難看、可笑、可憐，也令人感動。杏樂半信半疑，悲喜交集。他真想大哭一場。

他避開別人的眼光，手拿信封衝上樓。他倒在床上大笑。想讀信，眼淚卻蒙住了雙眼。他大哭了一頓。讀不讀信並不重要。他手上握著她親筆的字跡呢。

過了幾分鐘，他恢復鎮定，開始讀信，秀英出現在門口。

「怎麼，杏樂，怎麼回事？」

杏樂含淚，一點也不害臊。這一刻，他真像個大孩子。

「我告訴過你，她開始自修讀寫的課程。信上說些什麼？」

那封信橫在床上，好像是筆記本撕下來的一頁，字體碩大無比。

「還沒看呢，」他說：「讀給我聽吧。」

秀英看看他的溼面孔，拿起那封信。杏樂坐起來，兩人一起看。字跡寫得很吃力。有些字很好看，有些則黏得太近或分得太開，一行字歪歪扭扭的。秀英忍不住笑出來。

信上寫著：

「親愛的杏樂：

你媽媽病了。姐姐嫁後，她孤單單一個人。我盡力照顧，因為她是你的媽媽。囝仔很好，很聰明，天天在長大。拜託杏樂，你媽媽要看你。請回家。我也要看你。

表親柏英」

秀英姑姑和杏樂各抓著信紙的一角。

「不壞嘛。」杏樂說。

「真的很不錯，」秀英說：「想想她才開始……這是什麼？」

杏樂沒有注意，一張照片由信封裡掉出來。那是她的相片，一隻手放在旁邊一個小男孩的肩上。還是那樣活潑的笑容，前瀏海，黑眼睛和橄欖形的面孔。印花棉袍下露出細瘦的身子。柏英一向很瘦。囝仔的眼睛帶著閃亮、調皮的光芒。

杏樂一語不發。他從來沒見過她穿摩登的衣服。秀英把他忘記帶上來的包裹交給他，「喔，我要走了。我去告訴大家，你正在哭呢……」她故意逗他。

「拜託，三姑。不要走嘛。她叫我回家。我該不該回去？」

秀英低頭想了一會兒。「你將近兩年沒看你母親了。如果抽得出時間，你該回去一趟。我想這樣對你也有好處……我不知道——我看你一直很不安、很煩惱……現在我得下去了。你不下來嗎？」

「要，等一會兒。」

秀英走後，杏樂看看信，又看看照片。他拿起那個拆開的包裹。荔枝葉的濃香向他襲來，使他憶起了難以忘懷的童年夢，一個他已經失去，卻表達不出的世界，一個殘留在他心裡，想抓又抓不住的世界。他對那些夢滿懷信心，夢中有開心的笑容、極度的喜悅，真誠的感情和單純的信任，而且相信他能成就偉大的事業。他對天真無邪，不知道男人欺騙、女人狡詐，一心要攀住星辰的夢境也充滿信心，雖然自己像星星一樣寂寞，卻了無懼意——那些星星就是他和柏英並躺在「石坑」和「南山」群峰中的草地上所看見的。那些夢哪裡去了？一個人能不能歷經成人的世界，卻保留童年的心境？他不能像柏英一樣，工作時遊戲，遊戲時工作嗎？如果他繼續相信那些夢怎麼辦？他會不會傷心？怎麼傷心法？

這兒有茱娜。茱娜無疑是愛他的。但是茱娜的愛很複雜。牽涉到「重大的家庭問題」，和柏英全心奉獻自己，不計利害，只為愛情的歡喜而獻身，真不可同日而語。

這就是他的問題。他能不能過成人的生活，卻保留童年的夢想，保留柏英帶給他的世界？她現在送來孩子玩的荔枝葉和荔枝核，也許是她親口嚼、又親口從啜出的唇間吐出來的，用意就是要他記得那個世界吧？

那麼柏英到底要他如何呢？結果會怎麼樣？也許她送信、送東西只是另一種童年的行動——全心全意、清白、衝動，不是故意的，也不在乎結果？

他該不該回去呢？

他用力爬起來，下樓吃飯。也許他們在等他了。

「少爺，開飯囉！」阿花在樓梯下大喊。

「來了。」

「有一個客人來看你。」他走到樓下，茱娜說。

「誰？」

「你的朋友韓星。我說大叔回來了，叫她進來。她不肯。我說我會引見每一個人，我們正在吃飯，大家都在。她說『不了，下回吧。』『要不要留話？』我問。她也說『不要。』」

杏樂坐下來吃飯，享受快樂的氣氛，叔叔滔滔不絕直講話。他說，他很高興在家鄉替他找一個新娘。

「美宮也問起了。從家鄉挑一個有教養、有禮貌、懂規矩的女孩子實在很容易，可以做你的好太太，這一家的好媳婦。我們可以精挑細選。女孩子一定很高興嫁到我們家，出國來住。畢竟……」

那天叔叔多喝了點酒。他說他要出去看幾個朋友。但是他顯得很累，大家勸他早點休息。茱娜陪他上樓，哄他入睡。

秀英姑姑還在，茱娜又下來陪他們。嬸嬸照例回房休息去了。

秀英穿一件短袖的細麻衣裳，線條簡單大方。頭髮向後攏。身上不戴首飾。她的衣著就和她本人一樣。她站在陽臺入口的一張圓形大理石栗木桌邊，正和她姪兒說話呢。

「我能不能加入？」茱娜柔聲說。

「請。我們在談家鄉的事，」小姑姑說：「我馬上要走了。」

「拜託別走嘛。老爺的頭一搭上枕頭，就呼呼睡著了。」

秀英笑笑。「他喝得太多了些。我想他回家很高興。我們正在談杏樂的父親。」

「告訴我他的事情吧。」

「他比我大很多，」小姑姑說。「我們不是同一個母親生的。爺爺去世，他就照顧我。我其實是他帶大的。他只談書本、詩文，還教我畫畫。」

茱娜沒去過漳州老家，很想知道一切細節。

「杏樂的父親有沒有中過科舉？」

「沒有。那是爺爺——我父親。杏樂的父親參加過科舉考試，但是沒考上。那不能代表什麼。很多大學者都不會寫八股文。用官方的格式，很難寫出真正的好文章。」

「妳會八股文嗎？」茱娜問。在公職考試中，考生必須照八個固定的段落來發揮；清晰的破題、字義、申論、舉例等等。

「不。等我長大，科舉已經廢除了。」

秀英坐了一會兒，起身告辭。她說她要改作業，就回去了。

「妳要不要上樓？」杏樂問茱娜。

「不！還早嘛。這邊很涼快，老頭子睡得好熟。他一時不會找我。我寧可坐在這兒談談話，除非你想睡了。」

「不！」杏樂說完，就悶聲不響。

「有一天你說要告訴我柏英的一切。你拿著她的信衝上樓，似乎很激動。」

「是的。她學會寫字了。我很意外。她送我一張照片……等一下。我上去拿。」

「不必麻煩了。我陪你上去。我是說，純友誼式的。」

他們一起上樓，沒有關門。他在床頭小几上找到柏英和孩子的照片。茱娜接過來，走向桌邊，啪嗒一聲扭開電燈，含笑注視著。

「我看出她眼睛很靈活。小孩也可愛。眼睛像你。」

「真的？」

「我看出他眼裡有專注的表情，有心事，愛思考，好像懷疑生命是怎麼回事。他歪著頭，靠在他母親膝上，不是挺可愛嗎？」

「妳覺得他母親如何？」

「很迷人，很活躍，我想。我看她會把孩子照顧得很好，而且很輕鬆。」

「輕鬆，對極了。她一定辦得到。她照料家務、烹調、洗衣，一切事情都做得輕輕鬆鬆，而且笑瞇瞇的。妳不要誤會。她在田裡幹活，可不是這樣的打扮。可以說，這是她的假日友裳。我們以前叫她『橄欖』，因爲她個子小面孔橢圓形，又像橄欖核一樣硬。山區裡生的。我相信妳沒見過高山。」

「我們無錫也有山，在太湖上。」

「我沒見過你們那邊的山。不過我家附近是真正的高山，不像新加坡的這些小丘陵。真正令人敬畏、給人靈感、誘惑人的高山。一峰連著一峰，神秘、幽遠、壯大。」

他的談興突然濃起來，彷彿正在傾吐一個藏了很久的秘密，聽者不免感到困惑和驚訝。他繼續說：「妳不懂的。人若在高山裡長大，山會改變他的觀點，進入他的血液中……山能壓服一切，山」——他停下來思索適當的字眼，然後慢慢說——「山使你謙卑。柏英和我就在那些高地上長大。那是我的山，也是柏英的山。我想它們並沒有離開我——永遠不會……」

茱娜聽著聽著，眼睛愈睜愈大。她聽不懂。只知道他愈來愈神秘，正在談一個別人很難感受的影響力。

「你是說，你珍惜那些高山的回憶。」

「不只是珍惜。它們進入你的血液中。曾經是山裡的男孩，便永遠是山裡的男孩。可以說，人有高地的人生觀和低地的人生觀，兩個永遠合不來。」

茱娜神秘地笑笑。「我不懂你的話，只知道你是一個怪人。」

「說得明白一點。我有高地的人生觀。叔叔有低地的人生觀。偏偏，就在地球上，向下看，而不向上望。」

「也許我有點懂了。」

「換一個說法。假如妳生在高山裡。妳用高山來衡量一切。妳看到一棟摩天樓，就在心裡拿它和妳以前見過的山峰來比高，當然摩天樓就顯得荒謬、渺小了。妳懂我的意思了吧？生活中的一切也是如此。人啦、事業啦、政治啦、鈔票啦都一樣。」

茱娜甩甩頭，低笑了幾聲。「喔，好了……大家都崇拜摩天樓。他們不像你這樣比法。」

她慢慢繞過書桌，凝視牆上的「鷺巢」照片。曝光很差，洗得也差，而且開始發黃了。除了取景，樣樣都不高明。右邊是「鷺巢」，由幾塊垂直的花崗岩構成，大約六十或七十呎高，裂縫中有灌木生出來。下面是斜坡的邊緣，一個男孩和一個女孩坐在那裡，大約十二、三歲，背向鏡頭，一起望著晴空下的遠山。

「這張照片對你一定很重要。」

「當然。我喜歡不時看看它；它使我想起童年的日子。我在山裡度過一個很快樂的童年。我們常在斜坡下面追來追去，照片裡看不見。再右一點是一個充滿落石的裂口和一條清溪，對岸是無法穿越的叢林。」他指指兩個坐著的人影說：「那是柏英，那是我。」

茱娜隱約看出少女所梳的豬尾頭。「你忘不了，是不是？」

「不，永遠忘不了。很自然的，童年的日子，我們吃的東西，我們住的山，我們抓蝦米、蛤蜊、泡腳的溪流——單純而幼稚的一切——你不會存心去想。但是這一切就在你心底，隨時跟著你。」

「柏英比你大，還是比你小？」

「我們是同年。我家在山谷底。她住在西山的高地上，相距一哩半的樣子。村裡市集的日子，她會下山來，帶一點新鮮的蔬菜、竹筍，或者她母親做的粿糕給我們。有時候，尤其是炎熱的夏天，我們會上去——在『鷺巢』玩一下午。上面涼多了，風景很美。他們的房子在西山的一個懸岩上。在山上，我常常看到她站在晴空底，映出一副美麗的圖畫。少女站在戶外，頭頂著青天，髮絲隨風飛舞，比室內漂亮多了。」

「這就是你所謂的高地人生觀？」

「是的。你站得直挺挺。不必彎腰，不必讓路。不必在任何人面前匍匐。你的骨頭便是這樣立起來的。」

「我開始瞭解你眼中偶爾出現的遙遠目光了……」她客客氣氣說了聲再見，就回房去了。

7

一盞燈由杏樂床頭照下來。四顧無人，他覺得輕鬆不少。他咬一口柏英託叔叔帶來的發粿——看起來很像粗裸麥麵包，味道也像。他覺得自己彷彿在家鄉，再度年少起來。

他剛剛寫了一封信回家，寄給他姐姐，說他打算一分得開身就回家一趟。等日期確定，他再打電報給她。他也附了一封信給柏英。

他想起自己和柏英談戀愛的日子，串串回憶湧上了心頭。

柏英已經長成十八歲的少女。身體發育成熟，不再是瘦巴巴的小頑童了。有一天，杏樂由漳州回來，上山去看她。他看見她在廚房用手磨米。他離家半年，那是回家的第一天。兩人還相距五十呎。她回頭看見他，手臂在木把上僵住了。他楞楞站著，一句話也說不出來。她也一樣。然後她的手臂慢慢開始移動，石磨又慢慢轉動起來。

怎麼啦？她爲什麼不跑出來，像以前一樣抱住他？現在當然不成，她已經長大了。不行。連農莊少女也知道禮法的。

杏樂慢慢走向她。她放下把手，走上前來，笑得很甜，但是有一點羞澀、拘謹。

「怎麼，妳不高興看到我？」

「當然高興，」她答得太快了些。然後回頭大叫，聲音興奮極了，「媽！杏樂回來囉。」

然後又說：「等一下。我只剩一、兩碗米，馬上就磨好了。」

她回到石磨邊，眉頭深鎖。手推磨是用橫的木柄來操作，柄端有繩子從天花板上吊下來。杏樂靜靜佇立，望著她手推石磨，身子一搖一擺的。她的眼睛不時由旁邊看著他，眼神悲哀而寂寞。

這時他就知道，自己深愛她，她也深愛著自己。

那天下午，他們有機會在一起，像小時候一樣坐在「鷺巢」附近的草地上，俯視陽光下的山谷。他開始吸她臉上的香味，她說：「別這樣。」

「爲什麼？告訴我爲什麼。」

「因爲我們都長大了。」

「沒人看見嘛。」

「而且我也不可能做你的太太。」

她用平淡的口吻說。她讓杏樂明白他們的處境。她不可能離開「鷺巢」，也不想離開。他母親告訴她，他準備到新加坡好幾年。爲什麼她不陪他去漳州？那一年當然不行。他們人手不夠。誰照顧祖父呢？他現在幾乎全瞎了。他完全依賴她。她祖父不但需要她的服侍；心裡有話，也只對她說。光是這一點就夠了。她哥哥天柱爲什麼不結婚？家裡多一個少婦，可以幫很大的忙。誰也不知道，天柱就是不肯娶。聽說有人替她弟弟天凱說媒。她不知道那有什麼用。據她所知，那個女孩子名叫禾仔，是一個「腦袋空空」、好吃懶做的人。她和天凱真是天生一對，只添一張吃飯的嘴罷了。禾仔挺迷人的。她是一個俏寡婦的女兒，由她母親那兒學到了種種媚態，最會逗男人。天凱要她，柏英的家在村裡還算富裕，因爲他們有一片好田。他們可能在明年秋天結婚。想到一個不太正經的少婦要住進家裡，柏英覺得很恐慌。

第二年，杏樂回來，發現她更漂亮，只是和平常一樣悲哀，一樣聽天由命。她那年十九歲，依照風俗，該是嫁人的時候了。她家變了，變得不一樣了。天凱的婚事花掉三百塊錢。禾仔雖然生在一個比他們更窮的家庭，她總覺得，她是嫁了有錢人。她應該幫忙做些田事，澆澆蔬菜啦，餵豬養鴨啦，以及農家的各項雜務。但是她不做。洗衣服也只洗她自己和天凱的。頭幾個月，大家把她當新娘，不和她計較，她可真是一個大新娘呢。後來大家看出，她是把自己當做家裡的「媳婦」——表面上是媳婦，其實卻是大戶家的少奶奶。

賴太太是一個樂觀、圓臉、講理的婦人，打算睜一隻眼，閉一隻眼。但是她也不是好欺負的，她堅持婆婆的權威。往常平靜、快樂的家庭再也不是那麼一回事了。

禾仔在家自以爲是大人物，因爲只有她能生孩子，繼承家裡的香煙。她一切行爲都表示，這是她唯一的任務。婆婆和柏英都討厭天凱的太太。但是也沒有辦法。

禾仔蠻不在乎，她生性懶惰，才嫁過來幾個月就顯出邋里邋遢的樣子。天凱一定很失望，他娶的太太原來這麼冷淡、邋遢，一點也不熱情。但是她胸部很大，臀部肉感，他根本離不開她。家裡每一個人都應該自動合作。等到賴太太不得不叫禾仔做東做西，雙方都氣沖沖的。至於柏英，她覺得等禾仔做事還不如自己動手容易些。她洗衣服、曬衣服的時候；看到她逛來逛去，笑瞇瞇的，根本沒打算幫忙，彷彿肚裡已經有一個孩子，她正忙著盡母性的天職似的，真是火冒三丈。她好幾次宣布懷孕，但是柏英和她母親都不再相信了。天柱一早下田，天黑才回來，很早就睡覺，不大過問家裡的事情。

祖父現在完全瞎了，需要不斷的照顧。看到柏英和祖父——她不照風俗叫他「安公」，而暱稱「阿公」——的情感，實在令人感動。她覺得這是她一生中最完美的事務，精神、情感百分之百融洽在一起。不管她多忙，祖父的需求最重要。他們生活還過得去，有很多肉雞和雞蛋，柏英特別喜歡爲祖父烹飪，親手餵他吃。

田裡人手不夠。天柱做，天凱吃，女人替他們理家，彷彿都是天定的。有一天，天凱建議要雇幫手，提到了甘蔗。杏樂在學校就認識甘蔗，眼睛圓圓的，笑容誠實可愛，但是在課堂上其笨無比。他只會用手指做算術，最多算到二十。因爲他這樣算法，七加四就很困難了。他不由八、九、十、十一算起，卻彎起指頭，又從一算到七。等他算到十一，根本不知道自己在「七」後面又彎了多少根指頭。同學笑他，他也不生氣。他承認他們聰明，卻不懂他們怎麼算的。

「甘蔗，」杏樂說：「別彎手指。由八算起嘛。」

他又彎起手指。「一、二、三、四……」。換句話說，他就是弄不清加法的奧妙。

杏樂和其他男孩子看看他，他也用坦白、善意的眼光看大家，抽起鼻子笑一笑。他有一個特點：始終很快樂。他三歲就沒有母親，父親很疼他，唯一的兒子嘛。現在他父親也死了。說也奇怪，這樣傻的人卻從來沒有被人欺負過，他總是盡自己的一份力量，對誰都笑瞇瞇的。他身體很壯，很會游泳，肩膀寬寬的。這就是杏樂在學校認識的甘蔗。

村姑們都愛逗他，但是也很喜歡他。他來來去去打零工，從不計較報酬。他根本不會傷害任何人。

柏英家現在雇了甘蔗，從田事到最簡單的家務，他樣樣都來。他善良，有耐心，只求三餐飯和一間房舍。

那年杏樂回來，柏英含著眼淚招呼他。剛好大家都在裡面，撿取打穀場上的落穗。柏英回廚房來拿東西。她看見杏樂走進籬笆，就衝過去迎接。她握住他的手，四目交投，眼淚順著面頰往下滴。他們手拉手進屋，然後去看大家。他們過來的時候，她眼睛還溼溼的。那是快樂的淚珠，她也不想隱藏。禾仔惡聲說：「看哪，柏英好高興，她一定每天夢想他回來。」這個玩笑太過分了。

坦白說，杏樂也不知道該怎麼辦。他深深愛她，但是他們的生活離得那麼遠。他知道自己馬上就要出國讀書了；大家也希望他去。他要上大學，等他畢業，她一定嫁人了。說也奇怪，他總覺得她永遠不會離開「鷺巢」。

暑假過得很愜意，他們時常見面，甘蔗也常常和他們一道。大家都沒有把他當工人，根據農家的民主規則，每個人的身價都是由工作成果來衡量的。柏英和她母親都喜歡甘蔗。只要他在，大家都找他，他也以自己的力氣爲榮，很高興幫忙。他看柏英或替她做事的時候，愛慕的神情太明顯了，坦白得叫人沒辦法生氣。看到他揀起她辮子上落下來的毛線帶子，握在手中，痴痴看著，彷彿那是菩薩的聖物，然後再交還給她，實在令人感動。

有一天，他們三個人在荔枝林裡，她說：「我想看看鷺絲巢的蛋。你們肯不肯替我找一個？」

「沒問題。」最近在荔枝龍眼季節中，甘蔗爬樹、搖果子都很在行呢。

他真的去了。鳥窩至少有五十呎高，架在岩石縫長出來的灌木上。

「拜託別去。」柏英大叫。「我想看鷺絲蛋，可是太危險了」

他根本沒聽見。岩石表面有幾個零零落落的踏腳點，隙縫中一路都是密密麻麻的矮樹。

「拜託別去。」柏英和杏樂叫著。

「沒關係。」他大聲說。

他一定很高興有這樣的機會。他們屏息向上望，他愈爬愈高。有東西落下來，樹枝斷了，但是他繼續往上爬。到了頂端，他伸手去摸鳥巢，一隻鳥驚叫一聲飛起來。他突然向後一歪，伸手去抓鳥蛋。

「一個還是兩個？那邊有三個吧！」他向下大叫。

「一個就好了。喔，拜託小心一點！」

他回身往下爬，手上握著一隻鳥蛋。

「別那樣，」柏英尖叫。「把蛋放在襯衣裡。」

他照她的話去做。雙手又自由了。他慢慢往下爬，面向岩石，雙手抓緊岩面和樹枝。突然，在離地二十呎的地方，他踩到幾塊鬆動的石頭，滾下來，停住腳跟，輕巧地跳到地面上。

他們大鬆了一口氣。他高興極了。「很容易嘛。不必怕。」他說。

「你帶下來了？」柏英說。

「帶了什麼？」

「蛋哪。」

他覺得肚子溼溼的。

「對不起，對不起，柏英。」

「沒關係。你平安無事，我最高興。」

「真抱歉。你要鳥蛋的。」

「沒關係，我根本不應該叫你去。」

他脫下襯衣。肚子都染黃了，大家大笑了一頓。

奇怪的是，第二天一早，她進廚房，甘蔗就拿一個鳥蛋給她，完完整整，絲毫沒有損傷。

「看，看我給妳帶來什麼。」他笑得好可愛，好開朗。

「謝謝你，甘蔗。但是我們不能再這樣了，否則鷺絲會搬走的。」

8

九月到了，杏樂該回學校去了。柏英沒有鼓勵他，也沒有拒絕他。誰都會覺得，她骨子裡有農人強烈的宿命論，一切聽天由命。

杏樂準備回漳州，柏英突然說要陪他到十哩外的小溪。小溪是通向漳洲的河港。有一個商人去年冬天沒有交出寄賣的甘蔗錢。事情挺複雜的，不過有一個小溪的女友替批發商作保，這是最重要的一點。通常這是男人的事情，但是天柱從來不管生意的。柏英只好說她去。可見家裡還真少不了她。他們若早點出發，她可以當天回來，但是既然有事要辦，她打算第二天才回家。他們走路去，但是賴太太說：「你一定要搭船回來，我可不希望一個女孩子家單獨走山路回來。」

她七點就到杏樂家，和往日一般愉快、興奮。她帶著一個小黑布包袱，一根用橘木做成，她祖父專用的多節枴杖。外鄉人進入別村，這種「打狗棍」可以擋開惡狗的攻擊。

「你們怎麼去法？」杏樂的姐姐問她：「認得路嗎？」

柏英指指東北面石坑的方向說：「就是那條路嘛。只要順著河流就成了。我可以一路問人。」

於是他們出發了。他的姐姐和母親送他們到門口，看見倆人消失在轉角處。他帶著一個小豬皮箱子，白綠相間，裡面裝些衣服，她的枴棍架在肩上，黑布包袱就吊在尾端。

柏英很能走。說實在的，杏樂發現她步子比他還要快。他們興致很高。九月清晨的陽光還算溫暖。她身上穿著淡紫條紋的衣裳，頭髮又光又亮。前瀏海彷彿在眉眼上嬌笑。他們從來沒有這麼親密，好像也從來沒有真正獨處過。老鷹在天上盤旋，前面是萬里晴空，北面山脊上有一朵朵白雲。空氣清新爽快，最適合遠足。他們一路經過不少玉米田，偶爾也見到秋色絢麗的樹叢，圍繞著早晨炊煙裊裊的村落。

他們愈走，精神愈好。柏英高高興興向前走，腳步輕快，臀部一搖一擺的。

「照這個速度，我們不到中午就可以抵達小溪了。」她精神勃勃地說。

「妳不趕時間吧？」

「不，為什麼要趕呢？」

這時候，小路由河流右岸彎向左岸。水流湍急，下面是圓滑的鵝卵石，那年夏天雨量很多，踏腳石都被水蓋住了。他們脫下鞋襪，涉水前進。到達對岸之後，柏英把枴棍一甩，解開了黑包袱。她拿出幾塊芝麻餅說：「我餓壞了。我們吃點東西吧。」

他們找了一塊地方，坐在一顆大圓石上，她褲子高高捲起，還打著赤腳呢。天候漸漸暖了。

吃完東西，柏英走到小石灘去。她叫他，「下來嘛。」

她把手伸出來，他一走近，她就抓牢了。她的面孔在艷陽下發光，雙腳是棕色的。頭上的山風吹亂了她的頭髮，涓涓的流水蓋住了她的笑聲。

「來嘛，我們來打水漂，看誰的技術高明。記不記得我們小時候常玩的？」

他們玩了一兩次，讓扁扁的卵石滑過水面，彎彎的瓦片最理想。

「我找不到真正扁的。表面滑得太遠，沒辦法造成一個『弧』。」柏英說。

「弧」是他們小時候特殊的用語，專指掠水飛向對岸的石頭或瓦片。她用這個字，使杏樂憶起了童年的世界。一切好像突然變了。他們又回到小時候。

「別動。讓我看看妳，」杏樂忽然說。

她回頭看他。這一刻，全世界彷彿都集中在她四周，陽光在她秀髮上投下白白的波紋，她褲管高捲，站在河灘上。

她滿面羞紅，忙對他說：「來嘛。這邊也許有蛤蜊。」

她若無其事向前走，沿溪蹚過去。杏樂馬上趕到她身邊，一起找小鰷魚和蛤蜊。有幾條在沙石間潛進潛出。柏英撈了一隻。「我抓到了，」她低聲說，他立刻包住她的手說：「妳說我們抓到了嗎？」

她慢慢把手合在沙上，發現小魚逃掉了。他們面孔貼在一起，她的手還包在他掌裡呢。

他們脈脈相望了一會兒。杏樂抓緊她的手，溫柔而自然地說：「我希望能永遠這樣，妳和我遺世獨立。」

她把手放下去。「你知道這是不可能的。」說著長嘆一聲。

「爲什麼，只要妳肯等！」

「我十九歲了，我不知道你會去多少年。」

「看著我，我已經和母親、姐姐談過了。如果我們先訂婚，我不在的時候，你甚至可以先來我家住。」

「我十九歲了，你會走好多年。我該怎麼辦？」

杏樂激動地撫摸她的頭髮，盯著她的眼睛，把她的臉托起來。她似乎有點怕，遲疑了一會，然後就聽任他輕飄飄吻在她唇上。她滿面羞紅，一句話也不說。剛才衛士般的理性還戰勝了內在的情感，現在卻柔順異常。這一吻使她動搖，她忽然愁容滿面。

「你不高興和我在一起？」他問她。

「高興。我真希望能永遠這樣。你、我和我的田莊永遠聚在一塊兒。」

「妳的田莊對妳就那麼重要？」

「是的。不是田莊，而是我的家庭。你不懂……」

完美幸福的一刻已經過去，陰影向他們襲來。

回到河灘上，她說：「杏樂，我愛你，以後也永遠愛你，但是我想我不可能嫁給你。」

他們已經道出彼此的真情，雙方都有新的諒解存在。到達山間的隘口，杏樂抬頭一看，太陽映著石坑崎嶇的稜線，頂端有一個大山隘，也就是一個深溝，橫在陡直的峭壁間，很像落牙留下的齒坑。近處則是一片綠紫相雜的山腰，圍繞著他們。

柏英坐在草地上穿鞋襪。「你在看什麼？」她發現他呆呆站著，就問他。

「我在想，我們有一天若能攜手共遊那個石坑，不知有多好。我看妳站在隘口中間，俯視我，召喚我。我會把一切丟開，追隨妳。追隨妳和群山。」

「我在這兒，山也在這兒。」她已經站起來。「你還要什麼？」她銀鈴般的聲音消失在山隘裡，和鳥叫聲融成一片。

那天下午，他們慢慢前進，高興得忘了自己走多少路。她不再害羞了，大部分時間都把手環在他腰上。有時候他們必須一上一下爬過小山。她的步子沒有慢下來，反而加快了。有時候她上山下山，兩步併作一步走。

有一刻，她對他說：「世界上還有比我們這兒更美的山谷嗎？你會得到這些山，也會得到我。爲什麼你一定要出國呢？」杏樂沒答腔，她又說：「就算你住在漳州，我們也有香蕉、甘蕉、朱欒、桃子和橘子。還有各種魚類和青菜。外國港口有的東西，我們哪一樣沒有呢？」

杏樂告訴她，西方世界、外國有很多東西；他一定要上大學去研究，他父親也希望他去。

「你看到外國，會學到什麼？」

「我不知道。」

「你覺得你會像我們現在一樣快樂？」

「我不知道。」

她甩甩頭，臉上有傷心的表情。

「好吧，那你去吧。我打賭你不會快樂。我想你也不會回到我身邊，因爲我那時一定嫁人了。」

她好像要打一仗逼他留在家鄉似的，其實她只是說出自己平凡的意見。因爲她語氣太肯定、太自信了，甚至有點挑戰意味，他始終記得那幾句話。

當天和第二天，他們一直相聚在一起。杏樂在一艘河舟上訂到一個位子，船要第二天才開，他也替柏英找到一艘回家的小艇，那麼她就可以順母親的心意，不必單獨走山路回家了。杏樂說要在船上過夜，但是她反對，說船上裝貨卸貨，船板要到裝完貨才架上去，他們根本沒地方可睡。

「來嘛，我們單獨在一塊兒。」她說。

「到哪裡？客棧嗎？」

「不。我不喜歡那些骯髒的客棧。我們何必找地方呢？山邊一定有地方，我們可以不花一文錢過夜。」

小溪是一個小城鎮，兩條寬淺的河流在這兒交會。河上有一座木橋；一端是街道，一端地勢較低，房子延伸到鄉下。

他們吃了一碗麵，幾塊麥餅，就過橋到鄉間。天還很亮，他們走了半個鐘頭，看見一座小山頂有一間牆壁泛紅的小廟。他們往上爬，到了山頂，才發現那只是一間燒毀的破廟殘骸。焦黑的樑柱橫在地板上，頭上的屋頂破了好些大洞，牆壁也發黑，光禿禿的。一對殘燭還立在陶土容器裡。幾個泥菩薩，其中一個連頭都斷了，更增加荒涼、無望的氣氛。

「這樣一個鬼地方！」柏英說。

他們又走出來，選一個乾燥的地方，把東西一放，人也坐下來。

「好了，就這兒吧！」她說。「你有沒有露天過夜的經驗？我有喔。」

他們蹲在那兒，膝蓋頂著胸膛，遙望下面的城鎮。天漸漸黑了。船上的微光點綴著河岸，暗暗的船身靜立在銀白色的水面上。偶爾也有人拿著火炬，穿過木橋。

他們慢慢往下溜，換成躺臥的姿勢。天空很快就一片漆黑，星星開始出現了。對面是山，一彎淡月已經向地平線慢慢沉落。柏英很累，但是很高興。

「啊，天狗星在我們頭頂偏南的地方。北面還有北斗星呢！」——她指指北斗七星說。「以前天氣晴朗的晚上，星星一出來，天凱和我就數有幾顆，但是星星一顆接一顆出來，我們只好放棄了。」

杏樂躺在坡地上，船夫的燈火就在他下方，他心情很沉重。每一顆流星都像利箭，使他心悸，使他除了身邊的少女，什麼都不敢想。她現在坐起來，正望著他。頭上無數的星星一堆堆出現，嘲笑著他們，而流星卻像一排排火花，閃過天空，燒灼他的靈魂。

「妳怎麼不講話？」她問著。

「只是在想——想一切——想我們自身和我的未來。」

「那就說給我聽聽。也許以後不會有這麼一夜了，只有你和我單獨在一起。」

杏樂開始談起，他那年畢業後，就要到新加坡去。他告訴她，他要學醫，又說起世界的地理，五大洲和兩大洋等等。她專心聽著，不斷說：「我不懂。」

「我告訴你一件事好嗎？」她說。「其實這次出來是我計劃的，因爲我要送你，因爲我希望一整天和你在一起，能好好談一下。你馬上就要走了，我不知道什麼時候能再見到你——當然啦，我希望你今年寒假會回來。你將來會變成好醫生，大醫生，把我甩在腦後。」

「別那樣說。忘掉妳？那是不可能的。」

「天知道。那些外國女孩子。總有一個人會抓住你，說不定你連家也不想回了。」

「別那麼悲觀嘛，柏英。」

「我要講。我一定要講。你今年寒假如果不回來看你母親，一定要通知她，她會告訴我，我就找理由到漳州去看你。」

「你有什麼打算？」

「喔，我會嫁人。」

「嫁誰？」

「不知道。還沒有啦。祖父需要我。如果我不關心祖父和家人，我就會出嫁，離開他們。但是我關心，我若離得開祖父，忘得了這個家，我就叫你娶我，帶我去新加坡了。」

「為什麼不行呢？」

「當然有原因嘛。」

他們談談別的事情。然後她說她睏了，還是睡覺吧。畢竟他們已累了一天了。她在他身旁躺下，天真地說了一句，才閉上眼睛。「我從來沒有這樣和一個男人共同過夜。」

「我也沒有。」

「那就乖乖睡吧。」

她轉到另一邊，因為疲倦，很快就睡著了。睡夢中又翻身向他，杏樂還醒著，用手去握她的手。不久他也睡著了。

過了一會，杏樂被她叫醒。「起來，愈來愈濕了。我們進廟裡去吧。」

杏樂揉揉眼睛，發現地上真的很潮濕。

「我們可不要感冒囉！」她說。

他們拿起東西，走進廟裡。河谷上有風吹來，寒意逼人。月亮已經下去了，四處靜悄悄的。等他們視線調整過來，他們可以看見星光由屋頂的大洞往下照。除此之外，他們就整個陷入黑暗裡。

「我現在完全醒了。」杏樂說。

「我也是，靠緊我。我好冷。」

他們躺在黑夜裡，手臂相擁，杏樂伸手環住她的背部，她靠近來說：「這樣真好。」他撫摸她的秀髮，她靜靜躺著，兩人的氣息使彼此都覺得溫暖。黑夜裡出現了一個女人，不是「鷺巢」的柏英，而是一個溫和、柔弱、多情的女子，他觸到她臉頰，覺得濕濕暖暖的。她一句話也沒有說，只是靜靜、柔弱、舒服地靠在他胸上。

「真希望永遠這樣。」她終於說。

這時他忽然熱血沸騰，就問：「妳知道那些事吧？」

「什麼事？」

「妳知道的。那些事嘛。」

「別傻了。女孩子一長大就知道。」

「妳爲什不肯嫁我呢？」

她失聲痛哭。然後說：「好奇怪。我從來沒有這樣抱緊過一個男人。我不能這樣抱祖父，也不能抱我媽。但是抱你真舒服。」

她情緒一崩潰，就開始說出很多內心深處的煩惱。她談起家裡的問題，談起禾仔，說她和母親都討厭她，又談到天凱。

「有一次祖父和我說了一段話。打從我出世，我就是他最鍾愛的孩子。祖父說：『我是一棵樹，我有兩根樹枝。天柱很乖很盡責，卻不開花結果。另外一根樹枝已經腐爛了。這個胚子總有一天會賣掉我的田地。我卻毫無辦法。』」她又說：「你看我整天高高興興的。我從早忙到晚，沒時間想那些。但是一到晚上，我常常睡不著，想東想西的。我怎麼辦？你現在明白我不能嫁人，抛下一切的原因了吧。」

她泣不成聲，他安慰她，她才覺得好過些。

「有人可談真好。拜託抱我緊一點。」

這時她已經平靜下來，坐起身來擦鼻涕。然後她握住他的手，興致勃勃說：「你要不要？」

「要。妳呢？」

「我是問你呀。」

於是她把自己整個獻給了他。不久他們就相擁睡著了。

過了一會，他對她說：「我很抱歉這樣對妳。」

她回答：「不必覺得抱歉。我寧可把童貞交給你，也不願交給別人。因爲我愛你，這樣你就會一直記得我。」

第二天他們手拉手逛街，遊河岸，心裡充滿以身相許的幸福感，因爲分離在即，將來又是未知數，那份感覺就更強烈了。

他們在小溪分手，他前往漳州，她單獨回家。

他寫信給母親，也問候了柏英的家人，卻一直都沒有接到家裡的回音。十二月，他收到鼓浪嶼教書的美宮來信，說柏英已經嫁給甘蔗。他簡直驚呆了。她說甘蔗是入贅賴家，變成「贅婿」。富家女若爲了重大的理由，一定要留在家裡，就用這個辦法。「贅婿」要冠女方的姓氏。但是一切太突然、太意外了。杏樂猜想，後來也由柏英證實，一切都是那夜交歡的結果。

美宮說，招女婿是她祖父的意思，但是杏樂知道，一定是柏英使祖父起了這個念頭。她毫無選擇的餘地。

9

過了一個月，杏樂才能拋下工作，回家去看他母親。他渴望再見到柏英，已經兩年沒見面了。請假的原因是母親急病，公司只好勉強准假兩個月。單單來往的航程，就要將近一個月的時間。

有一件事故發生，使他臨行增加了不少困擾。他不太有度假的心情。

有一天三點，維生打電話說要見他。

「吳愛麗死了。」

「什麼？」

「自殺的。我由社裡得到的消息。我現在能見你嗎？」

杏樂說，大概不行，但是工作一完他就來看他。

「我五點在樓下等你，」維生說。「這條新聞晚報會登出來。」

杏樂相當震驚。他三週前還看到她。他想起她的聲音、她的笑容。

維生已經在辦公室門口等他了。兩人一碰面，他朋友敏銳地抬頭看他。

「看到這個了吧？」維生指指手中的一份晚報說。

杏樂接過報紙。看到標題，眉毛深鎖。大字體寫著：「巨富千金自殺。情場失意。」

他打了一個冷顫，嘴唇覺得乾乾的。報上沒有登出細節。她服用大量安眠藥死去。因爲她常常起得很晚，女佣十一點才發現她的屍體。她沒有留卜遺書。吳太太不肯接見記者。

吳家是社交界顯赫的家庭，這種消息成爲第一版的新聞。文中沒有提到杏樂的名字。他們引用一個未經證實的來源說，她心情很壞，一連幾天關在房裡不肯出來。她自殺的動機大部分是喜歡浪漫故事的民眾猜出來的。毫無疑問的，她有很多男朋友在她家走動，或者駕車陪她出去。杏樂可從來沒約她出去過。

他從來沒有遇到過這麼息息相關的悲劇。

「怎麼？」維生問。

「我不明白。我已經將近一個月沒看到她了。」

他們站在有頂的迴廊上。

「來吧。我們找地方坐坐。我們要好好談一下。」他們向南走過兩條街。穿過窄窄的「小巷」來到寬廣的大街上。剛剛下過一個鐘頭的大雨，熱烘烘的人行道冒著輕煙，滲雜著汽油的味道和海水的鹹味。

他們進入左邊的一家咖啡館。籐席百葉窗拉起一半，房間暗暗的。由籐席的小孔望出去，可以看見泛白的大海，駛往印尼諸島的船隻，以及港泊裡穿梭的拖輪。

倆人佔了一個窗口的座位，紅色假皮的椅套破破爛爛，可見已經用了很久了。一隻吊扇在頭頂嗚嗚響。

維生叫了兩杯威士忌。

「也好。我需要大喝一杯。」

杏樂垂頭喪氣坐在靠牆的椅子上。維生背向窗口，手指抓抓頭髮，盯著柔光中杏樂的面孔。

「明天也許會登得更詳細。這一定是新加坡茶餘飯後聊天的好資料。你一定要對我坦白。她愛你。不可能是爲了別的男人，我不相信。我也許可以替你掩飾一番。」

「沒有必要。坦白說，我根本沒幹什麼。我叔叔不會多談。我知道他會很失望。愛麗是一個好女孩。我想她從來就不快樂，有那樣的母親和那樣的父親。她一定想要逃避。她和她母親不一樣。她知道自己長得很平庸，人又很害羞。我意思是說，她不是勢利鬼——只是一個思想平實、生活平淡的女孩子。錢對愛麗這樣的女孩子並不代表一切。你知道，她有一天對我說：『我但願能到一個小島去，嫁給一個漁夫，當然他對我要好、要和氣、體貼。不要再看到我媽那些鑲鑽石的假牙』。」

「真可憐，」維生說：「那就是我想不通的地方。壞竹會發出好筍，好竹子卻發出壞筍。你上次看見她，是什麼時候？」

「記不得了。大概是三週以前吧。上上星期她打電話給我，說她母親出去了，她很想見見我。」

「後來呢？」

「我沒去。我推掉了。你知道，我不想給她鼓勵。」

「如此而已？」

「如此而已。」

杏樂搭計程車回家，心裡充滿罪惡感。他沒有殺她，但是他知道自己是她間接的死因。如果他肯和她談戀愛，她就不會自殺了。

若不是那位丈母娘和她的地位在作梗，他也很可能喜歡她，甚至娶她哩。孔子曾經表示，寧可要粗人，不要勢利小人。愛麗眼中的「漁夫」是一個「粗人」，卻不是勢利鬼。世上他最恨、他父親也最恨的東西……不，不可能。他不會娶她那一圈子的人。

一路上，這些想法在他心裡縈繞。不知不覺計程車已經到了家門口。

叔叔坐在陽臺上。身旁的竹桌上有一杯雪利酒。杏樂上樓上到一半，他叫住他，「杏樂，過來。」

他心情似乎很壞。

「吳愛麗死了！」叔叔連頭都沒有抬起來。

「我在報上看到了。」

他轉頭看他，聲音尖銳冷峻。

「你們倆到底怎麼回事？」

「咦，沒有哇。」

老先生指指一份小晚報。杏樂匆匆瞥了一眼。報上提到他的名字。「據猜測」——「傳言說……」——「可靠的來源透露……」

杏樂把報紙往下一甩。

「是一張小報。你沒辦法阻止大家『猜測』『相信』，聽到『傳言』吧。如此而已。我們一點辦法也沒有。」

「你幹了什麼好事？」

「沒有哇。最近幾週，我根本沒見過她。」

「沒有吵架？」

「我沒見到她，從何吵起呢？」

「我走了一個月，沒出什麼事？」

情。杏樂想找機會和茱娜談談。

叔叔沒有再開口，杏樂轉身走開，看見叔叔臉上有漁夫放走了一條大魚、自怨自艾的表

「我不知道。」

「那她爲什麼自殺？」

「絕對沒有。」

叔叔沒有再提那一回事，不過吃飯的時候顯得很悲哀，很憂鬱。飯後，他叫司機準備車子，說要出去看幾個朋友。

茱娜和杏樂坐在陽臺邊上。天氣太熱了，午後才下了一場大雨，草地卻乾乾的。一輪明月掛在椰子樹梢，幾位婦女和小孩沐著月色，在沙洲撿貝殼和蛤蜊，退潮時分，沙洲都露出來了。

「我不明白愛麗怎麼會自殺。」

茱娜沒有答腔。她斜著眼看他。

「真遺憾，」她慢慢說：「這麼一個年輕輕的女孩子！我說過，你甩下她，她會心碎的。沒想到她會尋短見。你也不必自責。」

杏樂盯著沙灘上的人影。

「你還沒到家的時候，你叔叔問起你有沒有和愛麗來往。他怕你讓她懷孕，或者其他的瓜葛。我告訴他實話，說他不在的那一個月，你最多到過她家一兩回。事已至此，他似乎寬心不少。你上次見她是什麼時候？」

「大概三週前吧。我記得是禮拜天。我們和另外兩個男孩子玩雙打的球戲。第二個禮拜天，她又打電話給我，但是我說我不能去。從此就沒聽到她的消息。愛麗今天早上死的。今天是星期三。你算得出來嘛。她上回打電話，也過了十天了。」

她握起他放在桌上的手，彷彿有千言萬語要說。最後，她終於說了，「杏樂，記得你要我幫忙，對不對？你和韓星決定要結婚。」

「那是我的計劃。」

「你說你不可能娶愛麗。」

「對呀。」

「那你就不必自責了。我沒有做錯。」

「妳這話什麼意思？」

「我一定要說出來。只有你和我有必要知道。上星期六晚上愛麗打電話給你，你正好出去了。我接的電話。她問你和誰出去。我說『和一個女朋友』。她堅持要知道那個女孩子的姓名，看她是否認識。」

「妳告訴她了？」

「沒有。她狂勁大發，說她一直把我當朋友，堅持要明白真相。我忽然想到，她不能再欺騙自己了。我就說，『妳一定要知道也無妨，他已經和那個女孩子秘密訂婚了。』我聽不清她下面的話，她結結巴巴又大舌頭，我聽不清楚。也許她放聲大哭——我不知道。反正那一端一片死寂，我就掛斷了。我沒想到會有這樣的結果……」

「她有沒有再打電話來？」

「沒有。就那一次。誰也不希望演變到這一地步。我告訴你，因爲我要……因爲現在我們很接近……你不生我的氣吧？」

「不。總該有人告訴她。只是我真希望她能挺得住。」

「很高興你明白這一點，希望我們隨時能互相諒解。所以我才告訴你。我是想幫你的忙……」

「茱娜，很高興妳說出真相。生命很複雜，對不對？」

「我們還是進去吧。報紙要說閒話，隨他們去說吧！」少婦站起來說。

「對。」

成行的日子快到了，杏樂打電報給他姐姐，通知確定的日期。他去看秀英姑姑，又設法和韓星見面，說他兩個月左右就回來，他會時常寫信給她。等他回來。就和叔叔提起訂婚的事。

他出去找維生。要他偶爾去看韓星，看她需不需要人幫忙。他們之間沒有秘密。出發前一天的下午，他們坐在一間咖啡館內。

「你們真的打得火熱？」

「是的。我們就像訂了婚的未婚夫婦。知道一個女人深深愛你，實在妙極了……你什麼時候才結婚？」

「我不結婚。」

「那是你還沒有遇到合適的女人。」

「你還沒有告訴你叔叔？」

「沒有。只有茱娜和你知道。我已經到她家見過她母親。」

「你不在乎娶一個吧女的女兒？」

「爲什麼要在乎？我知道自己很愛她。這是最重要的，對不對？」

維生用食指抓抓鼻尖。「那我就不說了。」

「說嘛，有話就說。」

「她和六尿生過一個孩子，做過他的姘婦——做多久，我不知道。」

「我知道。她告訴我了。」

「你知道，那就好了。」

「我跟你講。我們曾經吵過一架。有一天傍晚，我進入奶品店。店裡只有兩三個客人。她和一個英國少年吉米坐在一張檯子上，那個人我見過幾回，我對她說『嘿』，然後又和吉米說話去了。我不在乎。那算不了什麼，我知道她只愛我一個人。我走過去和尼娜聊天，她正閒站在櫃檯後面。我忘了我們談些什麼。好像是說笑話。她大笑，我也大笑，她笑得眼淚都流出來了。突然韓星走過來，尖聲對尼娜說：『管妳自己的事。他是我的人。』她抓著我走開。尼娜繃著臉，沒有回嘴。我回頭一看，那個英國人已經走了。

「後來我們一起出去，我對她說：『妳吃醋了。』

「『當然嘛，』她說。『我不許任何人把你搶走』，我覺得很快樂，就說：『我看你和吉米談笑。我沒有權利嫉妒，妳就有，是不是？』

她說：『才不像你和尼娜那個樣子。我看到她拍你的手。』我們和好如初，熱烈擁吻。我不應該大驚小怪。我知道她只愛我一個人。」

維生半閉著眼睛看他，頭向後仰，一根濕濕的香菸叨在唇上。

「當然，這是真的，」杏樂繼續說：「嫉妒會使人盲目。感受這一份愛，想要完全佔有她，真是偉大的經驗。」

「你不久就要見到柏英了。」

「不要把柏英混爲一談。那是另外一回事。你不會懂的。」

「哦？」

「我打賭你沒有戀愛過。」

「真的？」

「別那樣看我嘛。」

「我真希望自己能像你一樣天真，可惜我辦不到。啊，好吧！明天見。我會早點到你家來幫忙。韓星會不會來送你？」

「她說她會到碼頭去。」

船預備開了，維生、叔叔。茱娜、秀英姑姑都在場。韓星也站在那兒，和大家一起揮手。船終於慢慢開走。兩三級欄杆旁照例是洶湧的人潮，同樣的微笑、喊聲和揮別。

韓星穿著可愛的綠衣裳，帶著紅色圍巾。

「她是誰？」叔叔說。

「她是你姪兒中意的少女。我來介紹。」茱娜說。

「這是杏樂的叔叔。這是韓星小姐，我們杏樂的朋友。她去過我們家。」

叔叔只「啊」了一聲，從頭到尾打量她一遍，然後就慢慢走開了。

10

「啊哈！杏樂！」柏英看到他走進籬笆，衝過來招呼他。

他們靜立一秒鐘，彼此端詳。柏英始終掩不住面上的喜色。

他們一起進屋，柏英立刻趕到前頭大叫：「阿姨，阿姨，你兒子來囉！」他回到自己的家，才知道母親現在搬來「鷺巢」住了。

他踏上熟悉的山徑，心裡好激動。清新涼爽的空氣，熟悉的景物，甚至樹林裡山風的氣息，小屋的外貌，現在又看到柏英——一切都使他覺得自己像一個累極返鄉的旅人。他又恢復了少年時的心境。身心都復原了。他快樂得要命。

「媽！」他走向她，跪在她床邊。

他母親伸出一隻手，放在他頭上，把他當小孩似的，用得意顫抖的聲音說：「杏樂，你回來了。」她沒有哭，但是杏樂抬頭一望，她瞇起雙眼看他，彷彿要看看他頭上有沒有失去一毛一髮。她因爲久病，滿臉皺紋，表情卻堅強而自信。她看了這一眼，覺得很滿意，他一根汗毛都沒有損傷。

她的聲音向來很柔弱。她看到柏英站在一邊，就對他說：「杏樂，你不在的時候，柏英一直照顧我。她對我比親生女兒還要好。」

「美宮呢？」

「她和她丈夫住在山城。五月她帶著寶寶來看過我。」

「她幸福嗎？」

「不錯。孩子很可愛，她丈夫很疼她，你知道的。」

杏樂沉默了一會。美宮曾經給過他最完美的姐弟之愛。母親，美宮和柏英是他最關心的人，也可以說，他們對他的影響最深。

過了一會，他說：「喔……美宮。我一定要見她。我沒有在山城歇腳，因爲我想先看妳。我們一定要叫她來一趟……我自己去也可以。她婚後我就沒見過她。我知道一定可以帶她來。喔，媽媽，如果我們能聚在一起——妳，美宮和柏英——不是很好嗎？我簡直不想再出國了。」

談話被一個小孩叫「媽媽」的聲音打斷了，柏英回頭說：「喔，你，你去哪裡了？」

「我去……我去……那邊。」他用胖嘟嘟的小手指指屋後。

「來，記得杏樂叔叔吧？」柏英說。

她領孩子向前，把他推到杏樂身邊說，「叫阿叔」，然後靜靜看著他。杏樂看出她眼裡閃著金光。

「阿叔！」囝仔說。

鄉下人習慣給孩子取平凡的名字，有時候甚至用很卑賤的名字。囝仔意思是「馬馬虎虎」，稍嫌微賤，但是很親切，不像「國柱」和「祖望」之類的名字那樣自命不凡。

杏樂的母親說：「這孩子是世上最聰明的小孩。等他母親告訴你他一切的言行，你就知道了。」

杏樂回頭看了一下。柏英已經偏過臉，走出房間。

「你從哪裡來的？」小孩問新客說。

「客鄉。外國。」

「你去那邊幹什麼？」

「讀書。」

「回家了？不再去客鄉了？」

「我不知道。」

「來幫我抓蚱蜢好不好？」

杏樂覺得，他彷彿重溫了童年的日子。

「現在不行。」

「那你是答應囉？有很大的蚱蜢哦。昨天媽媽給我一個金甲蟲。給你看要不要？」不等對方回答他就衝了出去，馬上拿回一隻拴著紅線的甲蟲，背部有綠色和紫色的金光。

柏英端一杯茶來給他。她看到小孩靠在杏樂膝上，不禁微笑了。

「歡迎你回來。」她簡單說了一句。然後拉一張矮凳子坐下來。杏樂坐在一張棕色的破舊籐椅上。小小的天窗有一絲光線射入黑暗的房間裡。

一切都像童年的日子。她說：「你這些年沒有忘記我和你母親吧？你母親和我接到你要回來的信，好高興哪。我想不通你在外國幹什麼，看到了些什麼。」她看看他說：「你沒變。」

「妳也沒變嘛。」

杏樂坐在那兒，一邊是母親，一邊是柏英，心裡真快樂，那份幸福太完滿了，他靜靜坐著，什麼話也不想說。世上怎麼會有柏英這樣的可人兒呢？

「天凱和他太太呢？」

柏英勉強回答說：「他們搬到漳州去住了。她在這裡不快樂。」

「天柱呢？」

「他在小溪醫病。他得過赤痢，脾臟一天天硬化，很容易疲倦。皮膚也帶黃色，我叫他不要過勞。現在就剩我和甘蔗撐下去了。」

「甘蔗一向好吧？」

「很好。」

「喔，妳沒告訴我祖父去世的情形。」

「他就埋在那邊，和父親在一起。我哪天分得開身，再帶你去。」

杏樂記得，兩年前他回新加坡的時候，祖父頭髮全白，眼睛也全瞎了。

「好爺爺。」

「是的，好爺爺。死的時候八十三歲。」她眼中充滿柔情，沒有絲毫悲哀。「祖父去世前兩天，曾對我說：『柏英，禾仔在不在？』我說『不在』，祖父就說：『我不久就要去了，腳部愈來愈沉重，身子就由那邊開始麻痺。我去了以後，妳和妳母親要撐下去。禾仔根本沒用。』我說：『祖父，我知道。她不好，對我們賴家沒有好處。』他又說：『把我和妳爸爸葬在一起。上端，稍微靠右的地方。我喜歡那樣。』我說：『阿公，你會好的。』他說：『我會在你們四周，妳和妳母親都不要做我反對的事情，我會知道喔。』然後他拍了我的頭兩次。我沒有哭，告訴你我沒哭。我對他說：『阿公，你可以信任我。』我看到他流淚了，就說：『見笑！你哭了，阿公？』他說：『不是。我覺得很高興。』過了兩天，我們發現他死在椅子上。」

「出殯時妳一定哭得很慘。」

「當然嘛。他是一個正直的好人。當他的孫女，我覺得很光榮，我要撐下去。你認識以前來我們家偷鴨子，被阿公大揍一頓的波仔吧？喔，波仔也來送葬，哭了一場。我覺得我不能做任何阿公反對的事情。我會聽到他的聲音說，柏英，不行。是的，我真的聽到他的聲音。」

她又對他說，「阿公也愛你。如果你沒有出去……」下面的話她就不說了。

杏樂彷彿看見祖父坐在他的棕色老籐椅上，一手搭著竹製扶手，一手慢慢揮動一把泛白的棕櫚扇。眼睛雖然看不見，牙齒倒還好，胃腸也不錯。他過了一輩子辛勞、正直的生活，晚年倒真正得到了休息。杏樂記得他緩緩揮扇的動作，以及抬眼向上看的時候，彷彿由白鬍子裡發出的笑聲。

「說說妳學字的經過，」杏樂說。「我收到妳的信，好樂哦。」

柏英眼睛亮了一下，大笑說：「喔，寫得怎麼樣？我知道你會很意外。」

「妳學得不錯哩！」

「記得你的老教師田詳時吧？有一天我對自己說我要去學字，一定要學。至少我應該會看帳本，會簽名，才不會被人欺負。我沒法向甘蔗學。他以前學的，都還給老師了。所以我請田詳時來，要他教我，我付錢給他。我從『人之初』學起。他要我背。」

「對妳不會太難，我知道。」

「我覺得蠻好玩的。」

她想賣弄一番，就開始背誦前幾句：

人之初　性本善
性相近　習相遠

她展開生花妙舌，恨不得把中國歷史的要目都背下來，但是杏樂說：「好極了。我知道，你若能上學，一定是好學生。」

「喔，我一開始學，興趣就來了。後來我想，老師來的時候，何不叫罔仔也來學？罔仔學得真快，我不得不努力超前，才好教他。我現在認得五百個字了，」她驕傲地說。「寫字比較難。一會兒手就酸了。比刺繡還糟糕。」

突然，她眼中現出奇妙的光芒，她說，「我給你看一件事。」她回頭大叫罔仔。

「罔仔，來這裡，把書帶來。」她轉身對杏樂說：「你會嚇一跳！」

過了一會兒，六歲的孩子進入房間，圓圓的大眼睛充滿好奇。柏英拉他坐在身旁的一張矮凳上，自豪地翻動千字文的書頁，一個字一個字用手指著說，「這是什麼？」

「他一個字只看一遍就記得，永遠不會弄錯，」柏英對杏樂說：「我要趕在他前面，相當辛苦。老師說，他從來沒見過小孩子學得這麼快。我先學到一半，他一步步趕上來了。老師嚇一跳。大家都吃驚。她姨婆也很吃驚。他不是很棒嗎？」

柏英臉上的驕傲、愉快和滿足是杏樂一生所見過的最幸福的畫面。

「妳自己也很棒，」他說：「自修來教孩子。」

「這樣子可以速教速學。」

「他現在認得多少字？」

「兩百個左右，我只認得五百多字。讀到這本書後面，我們就要並駕其驅了。」一千字文含有一千個字，每個字只出現一回。

她把孩子推上去說：「來嘛，你考考他。」

小孩一隻手指放在嘴裡，他瞪著杏樂，笑笑，跑開了。

「妳的娃娃呢？」過了一會，杏樂問。

「睡著了。我現在不吵醒她。你的行李呢？」柏英問。

「在山下家裡。」

「你要來陪你母親吧？」

杏樂說，他回來當然要陪母親。

「那我叫人去抬行李。這時候下面熱死人，阿姨喜歡這兒。對不對？」她轉向杏樂的母親。

「我在這裡比較好睡，」她對兒子說。「當然，我們也不能永遠打擾柏英她媽媽。天氣轉涼，我就下去。我在這兒有囝仔作伴。杏樂，你父親去世，姐姐出嫁，媽媽寂寞死了。柏英兩三天來看我一次，帶一些水果、蔬菜來。你媽媽老了，我晚上常咳嗽，睡不著，又沒有人可以說話。在這裡，她每天一大早給我沏一壺熱茶。對我的咳嗽有幫助。她下山的時候，也替我買買東西，我真的每天盼望她來。六月二十七日，」──杏樂的母親向來很會記日期──「六月二十七日，她對我說：『杏樂馬上就回來了。阿姨，妳何不上山和我們一起住？』我上來以後，真的好睡多了。她說，你回來的時候，我氣色一定好多了，你回來也可以待在這兒。」

「你真的這樣說？」他問柏英。

「真的。我們有樹。我知道你愛大樹。所以我就想到了這一切。阿姨和我都在計算你回來的日子。」

杏樂覺得欠她的情太多了。「柏英，我不知道該怎麼謝妳，我不在的時候，這樣照顧我媽媽。這些我都不知道。」

「不過她是我阿姨呀，別忘了這一點。你這個傻瓜，誰叫你要出國，好像家裡沒有這個媽媽似的？」

行李送到了，柏英正在殺雞拔毛。她擦乾血淋淋的手，進來看個究竟。行李搬入中廂房，放在沒有鋪磚的泥土地上。母親看到兒子回來，高興得起身穿衣梳頭，彷彿迎接貴客似的。他打開行李的時候，她就坐在一張黑色的舊木椅上。

杏樂拿出三件禮物；一件給母親，一件給柏英，一件給她媽媽。他先給母親一個沉甸甸的金戒指，然後拿出一個裝滿銀幣的小球說，「喏，媽，我小時候答應妳，我要給妳無數的銀幣，喏，這就是無數的銀幣。」他高高興興搖得叮噹響。

母親的面孔滿足得皺了起來。他接著把戒指套在母親瘦巴巴的指頭上，拿起來親吻。然後他又打開另一個包裹，拿出一個盒裝的小白玉佛像，送給柏英的母親。

「來嘛，柏英，」他說。「閉上眼，把手伸給我。」她伸出手，覺得有一件涼涼、硬硬的東西滑到手腕上。

「現在睜開眼睛。」

柏英看到一個玉手鐲，心都要跳出來了。真是意外的驚喜。手鐲是淺灰綠紋的，不太貴，但是在鄉村裡，女人會一輩子引以爲榮呢。

柏英心裡充滿幸福，她問：「我能不能真的戴在手上，不會破吧？」

「小心一點就成了。」

「我怕會弄破。我工作很多。等一下讓甘蔗看看。不知道他喜不喜歡我戴。」

小孩站在他母親身邊，睜著圓圓的大眼睛，柏英把他拉回去。她看到杏樂打開一個大盒子，心裡有些激動。那是一個玩具陶爐和一套茶具——茶壺與茶杯——是他在漳州買的。

「現在，囝仔，」他把盒子交給他說：「這個給你。」

柏英放開孩子，他跑上去，怯生生拿過來，如臨大事。他看看那套茶具，簡直要吞下去似的，然後克服了自己的羞怯，伸出手臂抱緊杏樂。

「謝謝叔叔。」柏英說。

「謝謝你，叔叔。」孩子說。

儀式完畢。杏樂注意到，高高的栗木桌上，有兩根蠟燭映著小小的木製佛像。陶土香爐立在中間，有很多燒過的香柱。

「爲什麼點臘燭呢？」他問。

「謝謝菩薩嘛，」柏英說。「你上個月離開新加坡以後，你母親和我每天求神保佑你平安回來。市集的最後一天，我買了這些紅燭。今晚我們慶祝一下。」

「我剛點上，」他母親說：「已經謝過菩薩了。妳最好也拜一拜。」

柏英走到神龕前面，讓燭火放亮，然後跪下去，磕了三次頭。她站起來，笑著問：「你喜歡雞肉怎麼煮法——油炸，白切還是煮湯？」

「白切。」他說。

現在柏英和她母親到廚房去了，杏樂走出門，到荔枝去重溫他心愛舊地的回憶。他仔細凝視夕陽下微藍的「十峰」和北面的「石坑」。雙眼落在西面的斜坡上，綿延的矮山橫在西端林木茂盛的丘陵地陰影裡。

他在「鷺巢」附近找一個地方坐下來，小時候，他和柏英常坐在這裡，他覺得自己像一片浮雲，迷失了方向，現在又回家了。每一片葉子，每一根樹枝，每一朵卷丹對他好像都有特別的意義。於是新加坡顯得好遠，好遠了。

他聽到甘蔗叫他的聲音。他立刻站起來，看見他剛剛收工回家，他們是小學同學，已經多年不見，現在都長大了，彼此熱烈相迎。

甘蔗上身光光的，一件灰外衣掛在肩膀上。他棕色的肌肉靈活健康，黑黑的皮膚有一層閃亮的光澤，簡直像一顆成熟的朱欒，每一個毛孔都開潤而清爽。

他們寒暄了幾句，就走回廚房後院，甘蔗說要洗個澡。他站在院子裡，用井水洗澡，全身澆個痛快。然後進屋去換衣服，穿著一雙拖鞋和一套乾淨的黑睡衣出來。

兩個人坐在井邊的一條舊凳子上，甘蔗皺皺鼻子說：「我聞到很香的味道。是什麼？我簡直餓壞了。」他的聲音低沉而有力。

「在田裡做了一天，難怪嘛。」

「吃過晚飯，我就呼呼大睡。杏樂，我不懂自己爲什麼這麼幸運。」

「當年在學校，大家都說你很福相。」

甘蔗天真地笑笑。「我自己都有點相信了。我是一個孤兒，現在有這麼一塊田可耕。又有柏英，你知道的。」

杏樂沒有說話。

甘蔗站起來，走向廚房窗口大叫：「柏英，妳煮什麼？」

他回來說是雞肉。「我們要慶祝你回來。當然啦。我不必一一指點她。」

「不是每個人都找得到像柏英這樣的太太。」

「她給我這塊田地。她給我一個兒子。她管帳。男人還有什麼奢求呢？我們現在差不多算獨居了。天凱他太太在的時候，真是別提了。」

「說來聽聽嘛。」

「柏英會告訴你。真是作孽，真不應該。我很高興他們搬走了。」

東廂房已經擺了餐桌。那是一套沒有漆過的桌凳，擺在泥土地上。杏樂覺得自己從來沒吃過那麼好的春雞，現殺現煮，只加一點鹽巴。還有一盤自己採的竹筍。甘蔗吃了三大碗飯。一碗白米飯配上一個饑餓的肚子，便譜成了世間最大的幸福。

柏英帶孩子坐在一頭，甘蔗坐在另一頭，兩位母親坐在上首。柏英一面在廚房做事，一面照顧她一歲的寶寶，哄她入睡，現在已經放到床上去了。

柏英的臉很小，皮膚還是橄欖色，嘴唇很靈活。

「我們沒有山珍海味來招待你，」柏英說。「但至少那隻雞是今天下午我才殺的。明天你吃黃瓜湯。我媽和我在藤上留了好幾條，等你回來。」

柏英的母親賴太太替柏英照料杏樂。現在她說了幾句客氣話：「我們山裡人沒有什麼珍貴的東西，樣樣都是自己種的。你一定吃過不少我們聽都沒聽過的外國玩意兒。」

「全比不上自己種的產品。」杏樂說。

「那邊的女孩子也比不上家鄉的少女吧，」賴太太說：「我想你一定見過不少外國女孩子。」

柏英的眼睛一亮。「她們長得什麼樣子？」

「就是女孩子嘛——馬來人、印度人、混血兒。我看也沒什麼。」

話題轉得太意外了些，杏樂不希望太快提出來。他母親說：「現在你大學畢業，也有了固定的工作，我想你不久就要娶妻了。如果你帶一個外國女孩子回家，我會活活氣死。我都不要活了。」

「媽，我現在還是孤家寡人一個。」

「我不希望你被馬來女子迷住。我知道有這種事發生。有時候男人根本不想回鄉了。我漳州娘家有一個叔叔，他帶一個馬來女子回家。她也不漂亮，又胖又懶又笨。身爲女孩子，我簡直想不通我叔叔怎麼會愛上這個一個女人。沒有一件事中國女人贏不過馬來女子——煮飯、縫衣，一切的一切。我不明白男人可以娶中國太太，爲什麼還要娶外國人。」

「我若遇到她們，會害怕哩。」柏英簡短地說。

杏樂希望她們不要談這些，但是女人似乎都對這個題目很感興趣。

「杏樂，」賴太太說：「我就說嘛，沒有誰能比得上家鄉的少女。番婆怎麼能嫁入我們家呢？你選女孩子，一定要顧到你媽媽。你該讓她給你選一個。」

杏樂希望氣氛愉快些。「妳給我找一個像柏英這樣的女孩子，我馬上娶她。」

「喔，不，」杏樂的母親說：「你找不到像柏英這樣的孩子了。」

「喔，阿姨，不要談我好不好？我們舉杯慶祝杏樂回來。」

他們用「老酒」敬他。

賴太太說：「老酒也是自釀的。這一罐還是阿公去世前釀的哩。」

「杏樂，」他母親說：「你該敬一敬柏英和阿姨，你不在的時候，多虧她們照顧你媽媽。」杏樂誠心誠意舉杯，謝謝她們。

鄉下的農人睡得很早。互道晚安之前，柏英對杏樂說：「把你旅程中要洗的衣服拿給我。」他挑出幾件衣服，交給她，她要先泡一夜，第二天比較好洗。

那天晚上，杏樂睡在一間閣樓裡，由他母親房間的一個木梯爬上去。滿頭滿腦盡是新新舊舊的感受和印象。由閣樓的小窗望出去，可以看見「鷺巢」，在靜靜的月空下現出一個銀邊的形體。山裡的夜靜得出奇。他不再胡思亂想，昏沉沉睡著了。

11

第一聲雞啼，杏樂聽到下面的廚房有異聲響動。他知道甘蔗要下田作活，柏英起來爲他準備熱烘烘的早餐。山裡的夏天很早就天亮了。

杏樂被雜音吵醒，過了一會才集中思想，知道自己回到了「鷺巢」。他聽到後面有砍割的聲音，就起身由高高的小窗口向外張望。柏英穿著睡衣，頭髮紮成一條辮子，跪在竹邊。她正在割竹筍。清爽的山風吹來，他覺得很睏，又回去睡了一覺。

等他再醒來，全家都起床了。大概是八點多。他走下搖搖欲墜的木梯，看到母親已經起來，穿一件寬袖的藍麻布衫，陪囝仔在前院澆花呢。

「媽？」他由廚房門口叫她。「妳那麼早幹什麼。」

「照顧花朵。你睡得好吧？」

「很好。我不知道你們都那麼早起。」他走近她，問著：「你們吃過早餐啦？」

「嗯。你的飯好了。剛才柏英問你起來沒有。她說，全都弄好了，放在廚房桌子上。」

他看到昨夜母親臉上的皺紋已經少了一些，很高興她氣色這麼好，又有事可做。他倒不覺得奇怪，沒有早報來煩她嘛。

「來這兒，」她說：「我們在抓薔薇上的蟲子。到處都是。」他高高興興踱向母親和罔仔身邊的樹籬。她瞇起眼睛，尋找緣莖上的小蟲。看起來好專心，好有興趣。「罔仔和我每天早上都來抓。」

「妳在這裡很快活。」他說。

「是的，很快活。現在你去吃早飯吧。」

「柏英呢？」

「在後面洗衣服。他們已經起床兩個鐘頭了。」

這時候，罔仔跑過去告訴他母親，杏樂叔叔起床了。

杏樂深深爲山村生活的肅穆而著迷。他忽然想起出國前父親曾對他說：「兒子，你要去上大學。不管你學到什麼，聽到什麼。有一件事絕不能忘記。政府和政治家不能拯救世界。你學到的一切新知識也不能拯救世界。只有人人各盡其職，有人思想正直，敢說實話，世界才有救。」

杏樂和母親走回廚房，柏英出現在門口，懷裡抱著一歲的娃娃，正在逗她。

「早安！」她說，音容清新活潑，像一朵山花似的。

「早安。你們起得真早。」

柏英正在逗娃娃，輕捏她的臉頰。「看到沒?多可愛，」她說：「要不要我替你熱熱菜?」

桌上有三盤菜——醃黃瓜、鹹蛋和豆腐乳——上面蓋著腳盆大小的篩罩。那是竹皮編的，用來防蒼蠅。還有一碟豆鼓剁肉，他母親說要熱一下，杏樂說不必了。磚灶上有一鍋稀飯，放在一大鍋熱水裡保溫呢。

杏樂的母親拿出一個碗，添滿稀飯，要他坐下來。柏英坐在一張椅子上，解開衣服，餵小孩吃奶，一面搖她，一面看杏樂吃飯。她本來在後院洗衣服，聽到嬰兒啼哭，就衝上去抱她下來。餵完奶，她把嬰兒揹在背上。

「我要回去洗衣服了。」她說。

吃飯的時候，母子談到親人的消息——談起美宮的婚事和她的寶寶，談起天凱夫婦，以及家裡的很多老朋友——杏樂也談起叔叔在新加坡的家庭。

倆人都閉口不談他再走的問題；雙方都不願意多想。最糟糕的是，杏樂知道他母親會爲他犧牲，如果他要留在新加坡工作，她絕不成爲兒子的絆腳石。這是他需要單獨面對的處境。

他走出門，看見柏英正把最後一件衣服掛上竹竿。她現在已把娃娃放下來，讓她在草地上玩耍。

「好了。」說著就拿起空錫桶。她把錫桶半靠在臀上，伸手去牽娃娃，走向杏樂。

「妳洗完了？」他問她。

「當然。」

「你們天一亮就起床。真使我慚愧。」

「夏天很熱，早上做事最理想。我要忙家務，你和囝仔可以隨處玩玩。」

「我明天早上儘量像你們一樣早起。」

「你會喜歡的。第一天嘛，當然，你要多睡一會。」

「甘蔗回不回來吃飯？」

「今天不回來。我給他做了飯盒，他可以向鄰人要點開水或茶來喝。」

第二天他寄信給姐姐，說他很想見她，要她回來一趟。他又說，他非見她不可，就算是大團圓吧。

美宮回來，已是十月中旬。天柱由小溪回家了，陳太太覺得他們不該再打擾賴家阿姨；何況美宮帶小孩來，人數也太多了。賴家阿姨和柏英都挽留他們，但是杏樂的母親堅持要回他們山谷中的家。

「嘿，杏樂！」一見面，美宮說。

「嘿，姐姐！」

他們一向如此。他以她爲榮，她也以他爲榮。除了母親，他總覺得她對他最好。她總是教他，鼓勵他、指責他的錯誤，原諒他，對他從來沒有失去希望過。她大他四歲，可以教他不少道理，卻又不至於失去玩伴的感覺。美宮知道他的優點和缺點，在他成長的歲月中曾經以姐姐的愛心和教導塑造他，指引他，半師半友，擔當著老師父母都沒法扮演的角色。那就是家庭生活的好處，世上絕對找不到代替品。

美宮比杏樂矮。她的皮膚很堅韌，眼睛又亮又活潑，有一排平整的牙齒和一個突出的下巴。她常常憤恨自己身爲女孩子，因爲那時候女孩子的限制極多。她也像弟弟一樣，很想受大學教育。

「我收到你的信，想立刻來，可是走不開，」美宮說。「小傢伙感冒，這個季節很流行，我不想冒險。」她的寶寶只有三歲。

他們有很多話要談。杏樂的哥哥杏慶在上海混得不錯——姐姐認爲太發達了些——在政府機關當秘書。他娶了上海吳淞區駐軍司令的女兒。

「杏慶是完了！」美宮說。「我們失去了他。他一向野心太大，太想高升。」

「你是說，我不該求發展？」杏樂反問她。

「你知道我不是那樣的意思。記得父親的話吧？」

偉大的父親！杏樂想著。

這就是家人的談話。也是美宮對杏樂重要的地方。

美宮只能待一個禮拜，那個禮拜真是妙極了，她、杏樂和母親三個人團聚在一起。從早到晚，飯中飯後，他們三個人談論所知、所感、所夢想的一切。柏英也是美宮的密友和心腹，他們幾乎沒有一天不看見她，有時在他們家，有時去「鷺巢」。

罔仔也來。杏樂和孩子之間培養了一份絕佳的友情，不僅因爲他是杏樂的骨肉，也因爲杏樂本身就有童心，像孩子一樣喜歡抓蜻蜓，在清溪裡泡腳。柏英鼓勵他們多接近。每天孩子都下山，有時候陪她來，有時候自己來——如果杏樂沒上去的話——老是問他：「我們今天玩什麼？」

自然而然，大家都關心杏樂工作的前程，什麼時候結婚之類的問題。杏樂拋下母親，心裡也很歉疚。他們真希望能永遠這樣！他母親現在長年咳嗽，好需要親人的照顧！

「你現在是大學畢業生了，」陳太太說：「選擇最有利的途徑。我這一大把年紀，不想改變習慣。柏英會照顧我。她是我外甥女，卻像女兒似的。你父親對我不錯，我很感激。我只要你記得父親的教誨。如果你走錯路，被外面的世界腐化了，我情願看你死。」

杏樂聽著母子間這一類的對話，記得很清楚。她總是瞇起雙眼，用窺視的眼光輕輕看著他。她又說：「再過十年，我就要去陪你父親了。九泉之下，我不希望聽他說，他走後我沒有盡到母親的責任。我只希望你娶一個好女孩，娶對了人。女人可以栽培男人，也可以毀滅男人。你未來的太太要和你過一生，不是我。」

短短幾句話已說出了她的立場。杏樂看看他姐姐，她說：「母親說得不錯。男人工作，女人管家。盤古開天以來，世界就是如此。」她引用一則古老的俗語說：「『男兒志在四方』。我知道母親很難受。哪一個母親不希望兒子留在身邊呢？杏樂現在是大男人了。我們不能把他拘在這個小地方。但是，你爲什麼改變主意，不學醫了？」

「我不知道。」

「如果你學醫，回這兒就很有用。爲什麼不學呢？」

「我不知道。我想是沒興趣吧。我聽說要解剖人體，就覺得噁心。我喜歡法律，一切都整齊、簡明、合邏輯。我喜歡那樣。」

「至少那是一件好事。真正重要的是你娶哪一種女孩子。母親說得不錯。」

「對嘛，」母親又說：「你一旦完了，就是完了。」她又提到她叔叔帶回家的馬來女子。

「告訴我，」美宮說：「你有沒有遇到過中意的少女？」

「有。有一個，很中意。」

「中國人還是外國人？」

「歐亞混血兒。她父親是葡萄牙人，母親是中國人。」

最後他不得不說出來了，兩個女人全心全意靜聽著。

杏樂平常很會說話，這會兒卻有點難爲情，結結巴巴的。

「媽，」他說：「我們已經認識一年了。我一直想告訴妳。她的名字叫做韓星。」

「什麼？」兩個人同時問。

「沒聽過這種名字！」

「我說過，她父親是葡萄牙人。」

他母親的臉色突然一變，彷彿背上被人打了一拳似的。她一句話也不說，臉上失去了一切光彩，完全是一副絕望、挫敗、痛苦的表情。

「媽，拜託，我求妳聽我說。」

「哦？」老婦人筆直瞪著兒子的面孔。美宮臉色也很嚴肅。

「媽，請聽我說。她對我很重要。自從認識她，我上街都不想看其他少女了。」

「你帶她上街，她肯跟你去？」母親問。

「是的，在外國這不算什麼。我們分享一切。」

「多可怕的想法！那些外國女孩子！」

美宮一向梳瀏海，像柏英一樣，她眉毛很漂亮，笑容很和煦。但是現在她杏眼圓睜，嘴唇張開，好像陷入沉思中。

「媽，我求你。不要對我不滿。」

母親被兒子一求，面色軟化了些，她長嘆一聲說：「我應該料到會發生這種事。你年紀輕輕，也許不肯聽老母的話。我把你養成這麼大。你父親要你出國，我就讓你去，爲了教育嘛。但是我應該料到的。如果你被大學趕出來，回家陪媽媽，我也不在乎……但是現在，我連活下去的希望都沒有了。」

「杏樂，聽我說，」美宮開口了：「母親的話不錯。」

「什麼，姐姐，妳也反對我？」

「不是反對你。我替你擔心。如果你關心母親和家人，我勸你考慮考慮。」

「我已考慮過了。」

「不，杏樂，你不可能仔細思考；你愛上那個外國少女了。我知道。外國女孩子要求太多。我沒有到過外國，但是我看過電影，我知道。她們嫁一個男人，就要男人言聽計從。如果他辦不到，她們就要離婚，改嫁別人。太隨便了。她們結結離離——一次又一次。不像我們對婚姻的看法。你若照她們的話行事，你就終生被綁死了。你娶外國女孩子，就只好過外國人的生活，照她喜歡的方式，而不是你喜歡的方式。」

「妳沒見過她，就胡亂批判她。」杏樂說。

「我只想提醒你，不希望你像你哥哥。我不願意說，杏樂完了！我對這個外國女孩子一無所知，但是你教我擔心。」

「可是她愛我，關心我。」

美宮用溫柔、同情的目光看著弟弟，只說了一句「考慮考慮。」

那夜的談話不歡而散。

第二天，柏英來吃午飯。一切彷彿都拋在腦後了。只要她和陳家人在一起。就萬事如意。杏樂知道他姐姐的想法。她知道罔仔是弟弟的孩子。柏英曾經泣不成聲，向她吐露自己倉促嫁人的原因。當然美宮也告訴了母親。至於賴家，沒有人知道，也沒有人懷疑。柏英一來，美宮和陳太太都對她和孩子另眼相看，因為這一道秘密，使他們密切結合在一起。但是柏英也對美宮說過：「我母親除非是傻子，才相信罔仔是甘蔗的小孩。那麼聰明！」

12

他姐姐回夫家不久，柏英帶一封天凱的信來找杏樂，說他有了困難。

「杏樂，這是什麼意思？」

他讀信。天凱正被債主告到官裡。杏樂隱約知道，天凱向家裡拿了錢，和朋友在漳州合搞蔗糖生意。朋友們潛逃了，公司欠了幾千元的債務。

他讀信的時候，柏英一直看著他。他一抬頭，發現她臉上充滿關心的神色。

「大意是說，他若不還債，就要坐牢。」

「我才不這樣浪費祖父的財產。我不幹。」

「那他就要坐牢了。」

她抿起嘴唇，冷酷、辛酸、猶豫不決。怒火正慢慢燒起。

「我們不要倉促行動。怎麼回事呢？」他問道。

「他們前年秋天開業。頭一年聽說賺了一點錢。買下這兒全部的甘蔗，批發的。這裡有粗糖。只有一家小工廠，用牛來操作。不夠用。漳州技術比較好，正在做晶糖呢。那是一門好生意，我明白。聽說他們去年冬天賠錢，受日本細糖的影響。」

「他一定交了壞朋友。」

「我不知道。」

「起先妳怎麼會讓他離家呢？妳一定知道，他不是生意人。他沒有做生意的天份。」

「哈！」柏英用非常憤慨的口氣說：「我再也受不了。禾仔，你知道的。那個騷貨打我丈夫的主意。你知道我的甘蔗有多老實。我全看在眼裡。她一有機會就當我的面挑逗他。無恥。」

她歇了一口氣。「喔，事態愈來愈嚴重。有一天她來到廚房，掩面大哭。她說甘蔗毆打她。她把手拿下來，我看見她顴骨上有一塊青腫。甘蔗站在門口，氣沖沖的。真丟臉。我不想再說了。母親也在。禾仔一直說甘蔗要強暴她，說她掙扎逃出來，甘蔗就打她。」

「甘蔗是老實人，他目瞪口呆。結結巴巴——我不知道他說些什麼。我心煩，一句話都沒聽進去。他只看著我說：『我打她。是，我打她。她該揍！』然後默默走開了。母親和我都不喜歡她，她也知道。」

「那天晚上我問甘蔗怎麼回事。喔，我不必再說了。他們單獨在後面，他正在修剪梨樹。喔，她想誘惑他。」

「能不能說給我聽？」

她顯得很難為情：「真丟臉。」她開始吃吃笑起來。

「妳肯不肯告訴我嘛？」

她恢復常態說：「我想她以前也對別的男人玩過這一套把戲。她走向我丈夫說：『我一天比一天豐滿了，』然後掀起外衣露出臀部說：『摸摸看，摸摸看。』她一直瞪著他，你猜怎麼樣？」

柏英又笑了。「你知道她用什麼當褲帶？一根稻草！她一扯，褲帶斷了，褲子也落下來。我想她以前對男人來過這一套，不然就是向她母親學的。真丟臉。」

「甘蔗怎麼樣呢？」

「她想在後院裡抱他，說附近沒人。你想像得出這麼無恥的行為嗎？他打她一掌才脫身的。當然沒有人相信她的話。我想連天凱都不會信。她罵天凱，打孩子，咒了大家一頓。」

「喔，到這個地步，母親和我也沒辦法了。天凱說要搬到漳州開店，母親和我都鬆了一口氣，就算要把祖父的積蓄給他，也只好如此。天柱很不高興。弟弟說他要一千兩百元開業。哎，那是我們所有的存款。是祖父一生的積蓄哪。天柱不願意拿出這筆錢。最後，總算講妥了。田地房產歸天柱和我，這是事先講明的。弟弟有困難，你想我們能不管嗎？我們怎麼辦？」

杏樂知道，他的法律沒有白學。這個案子他可以辦。他很願意幫忙。爲了柏英，他唯有盡心盡力。

「那是一家有限公司？」

柏英從來沒聽過這個名詞。他不知道天凱和股東簽的是那一種合約。有限公司是新玩意兒；家庭榮譽最重要。也許他們根本沒有登記成公司，那個時候往往如此。

這是大丈夫的工作，他必須去處理。他寫信給韓星和公司，說明歸期耽誤的原因，細節當然沒法說清楚。

他前往漳州，帶天柱一起去，代表家長的身分。這顯然是合夥人違約的案件。杏樂對債主說，他們害天凱坐牢，就一文錢也拿不到了。公司是無限的，那又如何呢？他們爲什麼不去抓潛逃的合股人？

天凱這時候一隻眼睛害病。更糟的是，太太又離棄了他。至少天柱和杏樂去的時候，找不到她。她們問天凱她上哪兒去了，他說不知道。

杏樂大費口舌，才說服天柱和對方談條件。他草擬了一份文件，債主同意收他七分之一的欠款，一年內付清。這是他談得成的最佳條件了。這表示，天柱必須回家賣掉一部分土地，湊足七百五十元。一切都循適當的法律程序解決，有證人，有日期，也蓋了圖章。杏樂利用自己的法律知識，贏得債主的敬重，心裡有一種滿足感。

他和天柱想帶天凱回家，但是沒有說要找他太太回去。天凱不願意，他寧可在城裡找工作。

協議的消息傳到賴家，柏英的母親鬆了一口氣，她兒子不必坐牢了，但是柏英很氣憤。

「這是毀滅的開始！」她怒氣沖沖說。「祖父一輩子做牛做馬，才買到這塊地，我們全靠它過日子。我不知道怎麼辦！我不知道怎麼辦！」她泣不成聲。

「我不賣地，我不賣地，」她一再說：「這是好地。我知道祖父不會答應的。我要買地，買更多地。我不賣。」

「對，」天柱說：「除非我們買足了自己夠種的土地。」

甘蔗一直靜靜聽著，這時開口說：「我看中離我們田地五十步的那一塊，不能種稻，但是可以種豆子。我們會更辛苦。一年能收入五、六十元。我若需要幫手，有人會免費幫忙，因爲我也幫別人。」

第三天黃昏，柏英到杏樂家說：「你陪我來好嗎？我要和祖父說話。」

他家到賴家祖墳要走半個鐘頭的田路，半路上，她對他說：「我不賣地。我想出一個辦法了。我會付清七百五十元的債務。我們存了三百元左右，還有一年的期限。今年冬天，甘蔗的收成會很好。我要批購三百元的甘蔗，如果天柱不去，我要親自去漳州。我在蔗農之間頗有信用。他們以前賣糖給天凱。我估計可以賺一百元，甚至不必先付一文錢。他們認識我。如果我弟弟會賣東西，我也會。明年又有荔枝。我根本不需要賣地。」

杏樂靜靜走在她旁邊，忍不住佩服這一個他沒有娶到的女子。他清晰憶起他們同去小溪的那一回。當時她是少女，現在爲人妻母了，但是她並沒有變。

秋冬日子短，很早就天黑了。她身上穿著棉襖和棉褲。偶而回眸看看他，仍是那樣溫柔的眼神。她問起很多外國的情形。

走到矮山頭的墓地，只有一哩半左右。祖父挑這個地方做祖塋，是因爲面向東邊，又有四、五棵高大的杉木。「祖父說，他一向喜歡看旭日。」

她帶了一把臘梅和茶花，把花放在墓碑前的石板上。小土丘三面都有下曲的水泥溝環繞。水泥地向前延伸，變成十五呎長的短弄。

她的面孔非常嚴肅。

「我現在要和祖父說話了。」

「妳要我在場嗎？」

「當然。祖父喜歡你。雖然我生了你的孩子，我並不覺得可恥。」

薄暮迅速降臨，天空呈暗藍色，小峰上仍有陽光照耀著，下面的山谷早已一片漆黑，天氣很冷，她跪在小墓碑前面，她的名字和她丈夫、兄弟的名字都刻在碑文上。她磕了三次頭，足足跪了五分鐘。低著頭，眼睛充滿淚水，嘴巴喃喃念個不停。

這時候，他看到真正的柏英，她內在的性格。一切都那麼真摯，誠懇，而又自然，使他覺得她頗有高貴的氣勢。

她起身的時候，面色很愉快，跑到白泥地的一邊坐下來。神情鎮定地說：「我現在知道該怎麼辦了。我剛剛把我的打算告訴祖父。我若能清清楚楚對祖父說，我就知道他會同意，我若不大敢告訴他，就表示他不會答應。」

「妳常常和祖父說話？」

「不常。但是每次要做決定：我總是單獨到這兒來，我要和他單獨在一起。他什麼都懂。」

「妳現在就不是單獨一個人。」

「不要擾亂我的心情。和你在一起，我可以自覺是一個人，和別人就不行。」

「當然妳也和甘蔗來過。」

「是的，清明時節。但是不像這樣。你是我孩子的父親。就憑這一點，我會永遠愛他。囝仔長大，我也要帶他來。他應該知道祖父的偉大。只要他記得這一點，他就不會走錯路。奇怪，這兒有些基督徒居然不拜祖先。我真不懂。」

「我也不懂。他們說，相信人靈不朽是迷信。」

柏英從來沒聽過這種理論。她嚇壞了。「他們真的這麼想？」

「喔，也不完全這樣。在某一方面，他們又主張靈魂不朽論。但是妳若不准和死去的親人溝通，當然就是不相信靈魂永生了。如果靈魂不朽，妳一定想和他們說話，侍奉他們，牢記他們，和他們在世一樣。」

「誰忍得住呢？真的？這是我所聽過最怪的理論。你知道他們還在，卻不盡盡心意。」

「喔，」杏樂說：「就是嘛。他們說我們不信神，我們說他們不信神。」

柏英說：「我絕不讓囝仔長大有這種怪念頭。」

他握住她的手說：「我能求妳一件事嗎？」

「當然。只要我辦得到。」

「我有一個大問題。如果你肯照顧我母親，我真是感激不盡。拿上個月來說吧。她在鷺巢，有囝仔做伴，生活好快樂。」

「是啊，她真的起色不少。」

「她說妳每天早上天一亮就泡一杯茶給她。這種小事對老人家具有很大的意義。」

「在我來說，根本不費事。我以前也幫祖父泡。」

「你知道，我沒有盡兒子的責任，把母親一個人丟在這裡。她也不可能跟我姐姐住，因爲她的婆婆和他們住在一起。我們很樂意償付母親的照護費。」

「別說笑話了。你母親和我母親不是堂姐妹嗎？」

「我不是指房錢。我是說我們有點財物。我母親可以好好報答你們。」

「交給我辦好了。阿姨很喜歡罔仔。我和母親談談。她們兩個人都是寡婦。有什麼不好呢？我會替她收拾一個好房間。」

杏樂聲音都顫抖了。「真的？」

「當然。上面空氣好多了，整天又有人可以說話。」

「喔，柏英！」他握住她的手，輕輕按一下。「她把妳看成親生女兒一樣。我會不時寄點錢給她。」

柏英握握他的手，簡單地說了一句：「交給我辦。我們還是回去吧。」

他們顧著談話，沒有注意到天全黑了。柏英的眼睛慣在暗處看東西。

「記得小溪的那一夜吧？」她輕輕鬆鬆說出來，使他很意外。

「是的，我永遠記得。」

「你在新加坡還記得我嗎？」

「柏英，」他對她說：「除了母親，妳是我最親愛的人。我一直把鷺巢那張發黃的照片掛在牆上。妳和我，背影在一起。記得嗎？」

「喔，那一張！只照到我們的背。」

「那張照片永遠刻在我腦海，刻在我靈魂深處。」

他們沒有提到愛情，但是彼此都很快樂。

回到杏樂家，母親正在等他們吃飯。餐桌上，他們把這一番安排告訴杏樂的母親，她很高興說：「杏樂，你是一個好兒子，能替我想到這些。」

柏英說：「你有囝仔可以做伴，每天早上還沒起床就聽得見雞叫。妳不是說，山上的雞啼由谷底傳回來，比較好聽嗎？」

「是啊，我記得說過。」杏樂的母親說。

「那就來嘛。妳每天都聽得見。杏樂，我打賭你在新加坡沒聽過雞啼。」

「喔，」杏樂慢慢說：「不能算真正聽過，對不對？」

柏英立刻回嘴說：「除非由半哩外聽到，雞啼是不會好聽的。真奇怪。也就是說，要有開闊的空間，你們住的那些都是密密集集的房子就是不行。」

這段話雖然沒什麼重要，對杏樂卻有很深的影響。後來簡直變成玩笑話了，因爲柏英一直問他在新加坡有沒有聽過雞叫。

那天晚上，杏樂拿著火把護送到她家竹籬外。然後單獨走回家。

13

姪兒搬出去和混血女郎同居，做叔叔的人悶了好幾天。他不是憤怒，也不是惋惜，而是洩氣，意外的屈辱。

很難相信杏樂會這樣對他。

「我哥哥的骨肉。難怪，倔得像騾子。」

那是傍晚六點。杏樂和韓星宴請密友，茱娜剛剛才回來。他們現在待在杏樂房裡。杏樂的東西已經搬走了，房間和傢俱倒沒有變動。屋裡充滿空虛的感覺，彷彿客人剛走似的。

「妳要不要這個房間？如果要，可以搬過來。」

茱娜遲疑了一會。「你呢？」

「我還是住在妳房裡。」

她覺得，這樣輕鬆多了。「隨便。這張桌子很有用。等兒子出生，我要讓他住這裡。」

她已經告訴他自己懷孕的消息。她也告訴了杏樂。杏樂知道這不是叔叔的孩子，很詫異她總能達到自己的目的。和誰生的，他根本不想問。

「宴席上有哪些人？」

「秀英、杏樂的大學同學，還有她的朋友，大都是歐亞混血兒。韓星的媽媽也去了。」

叔叔沉默了一會兒。

「荒唐！搬出我們這樣的房子，去住一間擁擠的小公寓。他的薪水怎麼過活？」

茱娜咯咯笑起來。「我勸過他。不過，你也知道沒有用的。也許過一段時間，他會後悔。但是我覺得他會堅持到底，照自己的意思做。」

信佛的大嬸悄悄來到門邊，沒有人注意到她。她是家裡最不受這些變化干擾的人。

她問起新房的概況，茱娜一一說明：「不太寬。有兩間房和一個小廚房。很多家共用一個陽臺，用格子分開來。」

大嬸說：「只要年輕人快樂，隨他們去吧。」

「那個私生子也在？」

「沒看到他。我知道他以後要和外婆住在舊居。」

「我們家居然養六尿的雜種！」

叔叔對這一點特別在意。大嬸平平靜靜說：「世事難料。阿彌陀佛！幸虧沒有更壞的情況發生，謝天謝地。一切都是註定的。我只想說，不管他做了什麼，他還是你姪兒。若非你們倆都倔得像騾子，我們也許能迎她進來。」

「什麼？在我家接受六尿的雜種！」他口沫橫飛。

大嬸溫柔地笑笑。「你又來了。如果他們喜歡，那是他們的事。我只求你忘記一切，原諒一切。萬一他需要錢，我不會拒絕的。誰知道會有什麼結果？秀英的看法怎麼樣？」

「我不知道。剛才她似乎很高興。他那個當記者的朋友維生一直陪她說話呢。」

叔叔又覺得受辱了。

「我知道，她向來護著杏樂。我不懂這些調調兒。在報上寫詩的女學士，同一家出來的，沒有一個人感謝我的恩情。我把她帶過來，又替她找到了那份工作。」

最大的屈辱就是親姪兒不夠敬愛他，不肯討他歡心，也不肯聽話。他應該知道，金錢就是力量，叔叔有權利把錢交給他喜歡的人。只要杏樂肯像一般敏感的姪兒，說聲「是的，阿叔」……但是杏樂就是不願意。

杏樂堅持要娶韓星，叔叔卻反對到底。兩頭公牛都有犄角，誰也不讓步。

杏樂說要娶那個混血兒，他們鬧過好多回了。

「你一直和那個查某來往？」叔叔問。這句粗話等於英文的「雌兒」。

杏樂嚇一跳。「你是說韓星？」

「是的，我是說那個外國女孩子。你不是說認真的吧？」

「恐怕是哦！」杏樂乾乾脆脆回答。

「杏樂，」叔叔正色地說：「外國女孩子不老實，韓星是混血兒，半番婆。她們喜歡花錢。花錢，花錢。你養不起的。她們沒有我國女子的教養和責任感。看看我。我是一家之主。你想我若娶了一個外國太太，我能當一家之主嗎？別騙自己了。很多中國女孩子樂意嫁到我們家來。那樣舒服多了。外國女孩子漂亮——但是會花錢。韓星很漂亮，我知道。你若愛看裸女，多的是地方讓你夜夜一飽眼福。但是家居又不同。你想外國太太，甚至混血太太能容我娶妾嗎？這些事情不成。我們的習慣又不一樣了。你還是聽叔叔的勸告。」

「阿叔，拜託。我一向聽你的話。不過這件事……是感情的問題。她是一個好女孩——是——情感的問題……」他說話斷斷續續的。

「你知道她母親是吧女？」

「那算得了什麼？父親和你出來都當苦力。那又有什麼分別呢？」

「算得了什麼，你說？」叔叔的聲音提高了一點。然後他翻動嘴裡的雪茄，恢復了常態。杏樂看到金戒指在他手上閃閃發光。「記住，你父親和我一向走正路謀生。你不要以爲，由日薪計酬的工人達到我今天的地位是容易的。你不能說，那算什麼？你去工廠做一天工，你就知道了……喔，至於娶進我們家的女子，我要求有教養，有禮貌，有責任感，敬重長輩的人。你不能說，那算什麼？你還是詳細考慮一下。你父親去世了，我對你有責任。你現在準備吃飯去吧。」

他最氣的是，杏樂回來以後，就不肯再和中國女孩相親。

有一天他對姪兒說：「你簡直瘋了，你不肯再看中國女孩子。你被那個混血兒迷住了。」

杏樂忍住怒火。「我想是吧。歐亞混血兒和別人也沒有什麼差別。你爲什麼不能把他們當普通人，忘掉他們的種族呢？我一直打算和你談談，阿叔。」

「那就不必了，」叔叔粗魯地說。

「阿叔，我很抱歉，但是非說不可。我們打算訂婚。你知道，我們已相識一年了，我愛她。」

「你被她迷住了。」

「不，我是真愛她。阿叔，拜託。」

「我還是說，你被迷住了。」

「好吧，就算迷住了。我不可能娶別人。你懂嗎？」

「但是，她愛不愛你呢。喔，當然，這些外國女孩子。我打賭她會說愛你，於是你就昏了頭了。你父親死了，我把你當做親生的兒子。這一代長成了。我還想在別人面前抬起頭來呢。你娶中國太太。中國太太才是終生伴侶。」

叔叔心煩意亂。嗓音愈來愈大，他用力咬雪茄，在嘴裡翻來翻去。

杏樂知道他的決心，所以沒說話，恭恭敬敬聽著。

叔叔繼續說：「這個女孩子，韓星，她姓什麼？」

「他父親是葡萄牙人。她母親姓馬。是廣東人。這就夠了。韓星和我們說同樣的話，吃同樣的飯菜。我不懂她為什麼不能進入我們家。」

叔叔由眼鏡頂端冷冷瞥了他一眼。「你使我很為難。不管怎麼樣，你總要說出她的姓名，父母的姓名，至少中國這一方的姓名。你知道這是規矩，我要去查一下。」

「那很好。但是我告訴你，阿叔，我非她不娶。是我要娶她，不是這一家人。」

老頭子覺得這句話太過分了。他氣沖沖提高嗓門說：「反了！是你娶這個女孩子，不是我們家！我問你，你從哪裡來的？沒有家，哪有你？你膽子真大！媳婦娶進家門，我不是要供她吃、供她穿？她不是睡在我的屋頂下？你敢說媳婦和家人沒有關係。你的理性到哪裡去了？喔……」

他沒有說完，拄著拐杖氣沖沖上樓了。

杏樂沒想到，叔叔又帶著一疊卡片下來，上面都是歐洲女子的照片——全裸或半裸的。他說：「拿去，看個夠。我找遍辦公廳的抽屜，把這些帶回來給你看。你可以瞭解她們的品德。你如果覺得可以娶她們之中任何一個人做太太，告訴我一聲。」

杏樂沒有去接，叔叔把照片推給他說：「拿去。」叔叔的眼光充滿憐憫和關懷。他想使姪兒自覺愚蠢可笑。杏樂很尷尬，把照片都放入口袋裡。

「你這個傻瓜！」叔叔說著就走開了。

等叔叔調查出來，韓星不但是吧女的孩子，她自己還和六尿生過小孩，怒火終於爆發了。他的聲音在兩層樓房裡砰砰作響。誰也沒辦法調解。

「滾出去！」他大叫。「別把那個女孩子再帶到我家來。」

「你放心！」杏樂忍氣說。

茱娜到底是煽動了叔叔的怒火，還是真如她自己說的，曾經盡力幫他的忙，他永遠沒辦法弄清楚。

韓星佩服杏樂有勇氣堅持要娶她。他知道雇員的薪水微薄，必須省吃儉用。他們在譚林區「牛頓廣場」對面的一棟三樓公寓裡，找到一套小住宅。總共有三十多戶人家住在樓裡。設備很新式，位在林木區內，附近有很多大樹和大空地供兒童玩耍。很多英國職員住不起花園洋房，就攜家眷住在這個住宅區裡。

韓星託一個混血朋友找到這套住宅。這兒也不少混血家庭居住著——都是銀行的雇員啦、郵政人員啦、秘書啦，還有一些小店主。韓星和杏樂蠻喜歡這個地方，因爲環境還不錯。

公寓很小很吵鬧，一大堆孩子跑來跑去。居民擠在一起，卻只維持表面上的交情。

娶了英國太太的白人小職員只和八分之七白人血統的鄰居維持點頭之交；八分之七的白人

又看不起半白人；同樣的，半白人對於四分之一白人血統的鄰居又不大誠懇了。

但是杏樂住在新居裡非常快樂，有韓星相伴嘛。

至於她，就算她們沒有正式結婚；她仍是他的新娘。因為情勢惡化，他已經被叔叔趕出來。韓星和她媽媽都沒有說要舉行婚禮。她們要靜觀其變。同時，韓星能解脫侍者的苦差事，也鬆了一口氣。

事實上，他們倆都很喜歡獨居，言行不必受親戚的監視。

14

六個月過去了。

杏樂彷彿處在狹路中，總不肯向叔叔要錢。他能不能寄錢給母親，實在是一大問題。

維生到辦公室去看他，發現「鷺巢」的照片掛在杏樂桌子的對面。杏樂說，他太太不許他掛在家裡。

維生從來沒見過這麼忠心耿耿的丈夫。杏樂和別人一樣，只穿襯衣上班。二支大槳葉的老式吊扇在頭上嗚嗚轉，他正好吸收到熱風的尾勁。他不回家吃午飯，回家就要在烈日下走一段長路。他花了一大筆錢買一個冰箱和一個漂亮的唱機，只因為韓星喜歡跳舞。

吊扇一天天在頭上轉，杏樂也一天天拖著，他比吊扇還要沉默。為了平衡開支，他連週末也去兼差。也難怪，他和千千萬萬的人一樣，陷入近代經濟機械的老鼠籠中，辛辛苦苦，充滿希望，靠薪水過活，儘量討上司的好感。他下班太累了，簡直連散步的時間和興趣都沒有。

韓星一定很沮喪。不再到柔佛游泳。不再到海邊或「大世界娛樂中心」逛夜市。他們過著拮据的生活，預算很緊，空間又狹小，幾乎沒有一刻不聽到鄰居小孩和太太的嗓音。

美麗的韓星一心渴望爵士樂和查士登舞曲所帶來的刺激，以消除中產生活的貧乏和沉悶。

杏樂不知不覺脫離了他叔叔的中國朋友圈子。有一次他對朋友說，他姐姐認爲塑造家庭的是女人，不是男人，實在對極了，因爲她們經常在家，男人卻不見得。

他還時常和維生見面，至少每週一次，都在午飯時間。偶爾他也去看秀英姑姑，甚至帶韓星去。除了他們倆，他就沒有談得來的人了。一個月左右，他會到叔叔家吃一次飯。話題都是表面的，兩個人都僵持己見，彼此的關係大不如前。杏樂覺得對嬸嬸或茱娜還好說話些。

漸漸的，韓星決定了家中交往的人物。杏樂回家，往往發現他太太正在開舞會。大家都喝橘子汁，吃爆米花，聽爵士音樂。有些是韓星的混血老朋友和混血夫婦。他們興致來的時候，就捲起地氈，扭開爵士樂，在沙發空出來的小地板上跳舞。

杏樂勉強打起精神，和太太的朋友周旋，心裡卻只想靜一靜，好好睡一覺。

「妳爲什麼不事先通知我？」十一點半左右，客人走了，他會責問她：「明天我要早起。妳總希望我保住飯碗，對不對？」

「但是他們是我的朋友。我也有社交上的義務。我必須回請他們，對不對？你不肯我打電話到辦公廳找你。我要怎麼樣告訴你呢？」

就像所有年輕的愛侶，他們相吻，和好如初。

杏樂呻吟一聲，倒頭大睡。

也許韓星對男人特別有魅力，也許杏樂特別能保持偉大愛情的幻想，他們過得還不錯。其實韓星不但失望，而且心煩。杏樂和韓星都重新發現了自己。他們的生活並不如她當初的想像——有車，有別墅，地位，好衣裳，有大把鈔票可揮霍；也不永遠是相抱熱吻。房子很小，他們還不打算生孩子。他們就是住不起大一點的公寓。

世界不是她該過、渴望過的模式。同一棟大樓的鄰居都不太友善；他們各有各的煩惱，有些也和她一樣厭煩。她決定和杏樂同居，是為了安全感；現在她並不覺得安穩，卻付出了無聊單調的代價。杏樂整天上班，兩房的公寓也沒有多少家事可做，反正她對家務事也不太有興趣。少女浪漫的世界已經過去了；尤其單身女孩我行我素、自賺自花、被人追、唱唱跳跳打情罵俏的自由——全都換成怨婦等愛人夜歸的單調、沉悶的生活。

韓星開始數錢幣。她以前也沒有多少錢，但是以前她知道一分一文都是她自己賺的，可以愛做什麼就做什麼，現在卻要向杏樂開口。

窮極無聊，她就出去找朋友。尼娜現在嫁給一個吉隆坡的中國商人，和夫家住在一棟優美的大房子裡，過得很幸福。

還有莎莉。莎莉住在「帝國碼頭」附近的一間公寓裡。莎莉很活潑。她是一個和她相似的健康少女。她去看莎莉，兩個人總是一起玩牌。至少韓星覺得莎莉是談得來、志趣相近的朋友。

莎莉是二十七、八歲的單身女郎，比她大幾歲。由莎莉的窗口望去，可以看見新加坡灣。每天都有五、六十艘大大小小的輪船在港內進出。東面窗外是窄街和幾棟歐式建築的屋頂。公寓在三樓的頂層。晚上她們可以看見一排燈光通向「可麗葉船塢」和「克里佛碼頭」。

這個畫面使人興起大都會的刺激感。覺得自己就在萬物的中心。樓下有一間咖啡廳。於是新加坡頓時顯得黑暗、神秘、美麗，充滿刺激的生活。

說也奇怪，無論白天或晚上，韓星在這兒就覺得自在，總覺得身在都市，屬於都市，和譚林住宅區的感覺完全相反。

有時候韓星和莎莉一起出門，拐向左邊，來到「小巷」附近穿梭的人潮中，那一帶有很多中國鋪子，馬來小吃攤，回教市集和印度絲綢寶石店。這個地區比韓星待過的奶品店附近還要擁擠。莎莉認識每一條彎路，韓星對這個地區卻相當陌生。有時候她們早上十點出門，到「可麗葉船塢」轉一圈，在拱廊吃飯，然後慢慢逛回來。

韓星和莎莉共度半天，總覺得快樂多了，莎莉天生熱情，又有大把鈔票可花。看到莎莉，她就想起自己失落的自由。

「妳過得怎麼樣？」有一天莎莉問她。

「平平淡淡。」

「怎麼說呢?」

「很無聊。每天都一樣。他整天不在家。沒有一個鄰居可談。我沒想到是這個樣子。我若要買一頂新帽子之類的，就要伸手討錢。」

「咦，我以爲他很有錢。聽說他們有橡膠廠。」

「是呀，不過根本不是那麼回事。他叔叔控制一切。他不贊成我們結婚，我們也不願意和他家人住在一起。杏樂骨頭硬，不肯去求援。我們寧願靠自己。」

「不過……」

「沒什麼不過的。我以前快樂又自由。現在可不了。」

「杏樂還愛妳吧?」

「很愛。悲劇就在這裡。他每天回家都很累——有時候晚上還要工作。我和他吻別，就上床睡覺了。我們沒什麼可談的。有時候我巴不得他發火，我好扔東西砸他。」

「妳怎麼這樣說呢?」莎莉屏息等她的答案。

「喔，我不知道。我心情就是那樣嘛。也許我不自覺怪他給我這種日子過。也許他對我太好了些，我巴不得他偶爾發發脾氣，打我或罵我。看到同一棟大樓有幾對夫妻，大吵大叫，然後又和好了，至少那樣比較刺激。」

莎莉和韓星有些地方很相像。她是法國人和袄致徒的混血兒，生在孟買。至少家人是這麼說的；她只確知自己在卡庫達長大。她膚色很白，黑髮剪得短短的，胸部其大無比。她穿一件低胸的罩衫，不斷向左向右拉來拉去。

「我也可能是阿爾及利亞人，誰在乎。」她帶著輕鬆、做作的笑容說。

她們坐在莎莉的房間裡。「如果你非嫁一個男人不可，爲什麼要選中國人呢？」莎莉說。「妳若想要一個會發脾氣、揍妳屁股的男人，妳該找阿拉伯人、土耳其人或法國人哪。」莎莉笑笑，露出一排整齊的貝齒。

韓星仔細研究她。她好輕鬆，好自信。韓星佩服她的幽默和勇氣。

「我覺得中國人太溫馴了，」莎莉繼續說：「他們的文明太悠久。我是指磕頭之類的禮節。給我找一個阿拉伯人或土耳其人都可以……別那樣看我嘛。只要他們有別墅，能送妳一輛車，就沒有問題了。老天，生命到底爲什麼？我不知道妳那麼古板。我是妳的朋友，我是告訴妳實話。」

「妳真好玩。」韓星說。

「我一點也不好玩。這是真話。我告訴妳，看看這座城市。我愛它，徹頭徹尾愛它。大家又爲什麼奔波呢？金錢和愛情，對不對？」

「當然，但是兩者無法得兼。」

「聽我說。我比妳大幾歲，見過不少世面。推動世界的是金錢和愛情。沒有一件事比得上一塊好牛排，和一次交歡。說到錢：妳不是賺到，就是沒賺到。要我嫁一個禿頭的老富翁，我也不在乎，對不對？但是我沒辦法。至於愛情嘛，我打賭，我享受的比妳從小氣鬼杏樂那兒得到的還要多。我不是說他的壞話，但是我比較喜歡歐洲人，妳不是嗎？」

「有些歐洲人很高很英俊。我想我們是同種的。」

「對。我喜歡他們。他們和我們比較像。我曾經交過一個中國朋友。他給我不少錢。但我就是受不了他的塌鼻子。我叫他不要再來了。他問我爲什麼，還說要照付我討的價錢，但是我沒有說出口。我喜歡高大，肌肉發達的男人。妳說過，他們和我們同種。」

「妳做些什麼？」

「我在碼頭跑。我就是喜歡男人嘛。一船一船的人。天哪，沒有一個男人抗拒得了年輕的好胴體，誰不願享受享受呢。妳被困住了，當然。那又不同了。但是我是自由身。我可以隨心所欲。我不替任何人工作。我賺不少錢呢。」

「當然我不一樣。我不像妳。我有家有丈夫。我不能這樣對他。妳相信嗎？我一直對他很忠貞。自從和杏樂同居，我就沒有陪男人出去過。」

莎莉聽出她話中有羨慕的口吻。

「當然不行。我不勸妳過我這種生活。找男人太容易了。但是我不勸妳。太冒險。我不希望妳和親愛、忠心的杏樂有什麼糾紛。當然妳不知道我對他這樣的男人有多少認識。我是談我自己的生活。我不想改變妳的方式。」

莎莉的話到此爲止。韓星的朋友沒有一個幹過莎莉這一行。莎莉不說了，韓星卻想要多知道一點。

「說嘛。多談談妳自己嘛，」她說。

莎莉看看窗外。她一定是故意選擇碼頭後街的公寓，好充分瀏覽港口的風光。

「有一艘『光盛輪』，昨天才進港。船上有一個愛爾蘭少年狂戀著我。這艘船專跑香港、馬尼拉、雅加達和新加坡。每隔三、四個星期，他就會出現。他還沒結婚，想要娶我。但是我說，不行。我不想被一個水手綁住——何苦呢？所以我們還是朋友。每次那艘船入港，他就來看我，我們一起度過快樂的時光。他帶我出去吃飯、看電影。他不在的時候，我也不癡癡想他。老天，才不呢！我的義大利男友在『可倫坡號』上，我的希臘男友在『馬爾他十字號』。他們來來去去，有別人塡補空檔。我認識一個葡萄牙船長，他蠻喜歡我的。他當然有家眷，還把太太的照片給我看。那也沒什麼差別。我們只是好朋友。我從來不缺愛人……。」

這就是莎莉典型的談話。她可以連說好幾個鐘頭。口才是她最活躍的特點，她會用十三種語言說「我愛你」。

15

韓星知道，只要她開口，莎莉可以輕易替她安排一個約會。但是她知道自己不該這麼做。她愈來愈喜歡去找莎莉，莎莉生氣勃勃、人很活躍，總能叫她打起精神來。韓星回家，就覺得自己為愛人犧牲太大了。

毫無疑問，她對杏樂的愛已經起了變化。她渴望自由，懷念獨立自主、在奶品店上班的少女生涯。她寧可上班，自己賺錢過日子。她想得愈多，就愈渴望自由。杏樂瘋狂愛著她，依賴她，使一切更悲哀。

當然杏樂也感覺到了。他回家，往往發現她又緊張又暴躁。杏樂肯為她做牛做馬，但是他覺得她不再滿足了，一道陰影已進入他們的生活——一道悠長、無形、神秘的影子已爬入他的靈魂，他心灰意冷，卻不明白是怎麼回事。他從來沒料到這樣的局面。

「親親，怎麼啦？」

「沒有哇。」

「妳跟我在一起，好像不快樂。」

「關在這個小洞裡，整天沒事做，你要我怎麼樂得起來呢？你有工作，你要我做什麼？」

「你是不是寧可搬到叔叔家去住？」

「當然不是。」

「如果是錢的問題，我可以去找叔叔。只要我開口，他會隨時給我幾千塊，我知道。我只是不願意開口，但是爲了妳，我願意去。我儘量不靠他，我想他也敬重我這一點。」

韓星沉著臉不說話，面上毫無表情。

「請妳明白，親親，」杏樂說：「每一個年輕的律師都要經過磨練。我們要做一切雜事，替上司準備資料。我學到不少經驗。我們耐心等幾年。也許過幾年我就可以自己開業，那時候就不同了。」

「這幾年你希望我幹什麼？靠你一個月六百五十新幣節儉過日子，等你變成胖胖的大律師，我也不再年輕動人了。我知道那些胖胖、成功的大人物是哪一副嘴臉。」

「妳怎麼知道？」

「我就是知道。你會去追年輕的女孩子。」

真是忍無可忍。他拚命盯著她，彷彿從來沒見過她似的。他閉緊雙唇。似乎第一次審視他娶爲妻子、仍然狂戀著的女人的真面目。

「妳把我想成那種人？」他終於說。

「我還能怎麼想？天下男人不都是一樣嗎？」她站起身，在地板上踱來踱去，然後用拳頭打打沙發，坐了下來。冷冷盯著杏樂。

杏樂嚇呆了。她從來沒有這樣過。他走上去，坐在她身邊，抓起她的手。

「親親，拜託。我沒有給妳一個豪華的家。但是，我想我們同意不靠叔叔的。我知道妳一定很辛苦。」

他想吻她，但是她偏過臉說：「拜託，別這樣。」

「老天，怎麼回事？請說出來吧。」

「沒什麼。」

她又沉著臉不響了。她的頭髮梳向一邊。現在正由眼角看他，和訂婚前她送給他的一張照片表情一模一樣。她兩腿盤在沙發上，仍然美得叫人心動。但是杏樂覺得，她已經不愛他了，比她說了千言萬語還要明白，還要肯定。他努力面對現實。

「我知道妳不愛我了。」心裡忐忑不安，等她的答案。

「除了愛情，就沒有別的啦？」她回答。

她站起來，沒有再說話，逕自上床去了。

第二天，杏樂很早醒來。昨夜的場面使他嘴巴苦苦的。韓星怎麼啦？喔，他想，早上該是談和的最好時光吧。

他們分睡兩張床。公寓在二樓上，一扇半閉、有格子欄杆的落地窗向著屋外的林地。杏樂起身，在欄杆邊站了一會兒，儘量讓她知道自己起床了。他回頭看看她被單下的身影。頭髮披在枕頭上；眼睛閉得緊緊的。

妝檯上的小音樂匣會放出「巴黎之愛」的曲子。以前他們早上相擁而臥，最愛聽這支樂曲。他走上去打開樂匣。除非她睡得很熟，否則她應該聽到聲音，說一句甜蜜的早安。但是她一句話也沒說。

他一遍又一遍播放。等待她睜開眼，他好上去求愛，和好。韓星一動也不動。然後她突然睜開眼，跳下床，進浴室去了。她去了老半天才回來。

原來如此。他們的愛情已經消逝了。她還是不高興，心情仍然不好。這可不只是一夜的緊張，好好睡一覺就沒事的。

等她出浴室，他已經煮好咖啡，放在餐桌上。她穿著粉紅的浴袍，在他前額上匆匆一吻，就坐了下來。

「覺得好一點了？」他問她。

「也許吧？」她無精打采說。

他舉起咖啡杯，「共祝一個好日子來臨！」

她舉杯說：「又是一天！」她的說法好像很悲哀，好像囚犯又過了一天似的。

他覺得韓星想把他甩掉。他沒有說話，喝完咖啡就上班去了。

天還很早。他走遠路，穿過幾個蔭涼帶，來到商業街。八點整，熱帶的太陽已照得人眼花撩亂。他心裡充滿失敗的感覺，不是工作失敗，而是夢想著終身塑造的偉大愛情——一種無限、完美、提升一切、應該像魔咒般保護他一生的愛情——卻終於失敗了。

滿腦盡是些小事。他記得倆人曾經在樹林和海灘散步，她的手臂總是環在他腰上，甩頭大笑。現在她看他回家，眼睛裡沒有一絲喜色。爬樓梯也筆直走在前頭。

他想起一個週末的黃昏，他陪她到貝多區的一家飯店去。那兒有一個二十方呎的小舞台。一支帶有鋼琴的弦樂隊正在演奏著。五、六十對外國人翩翩起舞。

「要不要跳？」飯後他問她。

「不想。」

「喔，拜託，我知道妳喜歡跳舞。」

她勉強陪他，默默跳著。不到兩分鐘，她就說：「我們回去吧。」

他發現她正在看那些歐洲男士，他們也盯著她。

「咦，大家都在看妳。妳太美了」他說。

「是因爲我們倆太不一樣了。」她答說。

因爲他是中國人，她覺得丟臉嗎？他怎麼知道？他打賭，如果他不在，她會整夜和那些歐洲人跳個痛快。

他知道，他沒有點燃夢中的偉大愛情。就是行不通。

他倒從來沒想過不再愛她。

那天下班，他去找叔叔。他開口要幾千塊。叔叔就等著有一天他會回來要錢。他不必說理由。叔叔知道，薪水硬是不夠用。

「拿去吧，」叔叔說：「我知道你缺錢用。一切如何？」

「喔，很好，好極了。」

杏樂知道，他明明可以供應更多錢，卻要韓星節省，實在不公平。都怪他該死的自尊！口袋裡有了支票，他決心回去補償一番。

「猜我拿到了什麼？」他一進門，就對她揚揚支票。

「你從哪裡弄來的？」

「向叔叔要哇。」

韓星的臉色放鬆了。「我以爲你不肯要。」

「都怪我的自尊心作祟。我不肯要。我覺得對妳不夠好。我叔叔有的是錢。拿去吧，要買什麼就買什麼。」

「他有沒有問什麼？」

「沒有。他多多少少料到了。」

「你謝了他？」

「嗯。我們出去吃一頓大餐。好不好？」

他們到「南天」屋頂餐廳。杏樂精神勃勃，充滿希望。他們應該過這種日子。他沒有理由不用叔叔的車，星期天出去玩玩。親人隔一段時間見一面，不干涉彼此的生活，可以處得相當愉快。

韓星不喜歡中國酒和歐洲甜酒。他們喝葡萄酒，吃好幾道美味的菜餚。

杏樂想要好好玩一夜。飯後他們去看電影，走出戲院，他又說：「我們上海灘去。」陪她上海灘是他的夢，永恆的美夢。兩個人可以不受干擾，躺在星空下，聽遙遠的濤聲。他們可以躺一夜，談談彼此的愛意和渴望，談一切，討論一切，遺世獨立。他常常想起他們初識的經過，他們在沙灘上互訴情衷的夜晚。他要重拾起那份愛情。當然，她一定會舊情復熾；他覺得一切只是被生活環境暫時扼殺罷了。

他們搭計程車來到東岸路。夜市大開。他們下了車，一起踏上海灘的通道。

韓星一言不發。她不快活，也不沮喪。只是友善而已。但是她的手臂不再圍到他腰上。他們走上微濕的沙地。

上端暗暗的海岸線露出幾棟房屋的輪廓。他們在彎路上走了一百碼，來到荒無人煙的海灘。遠處只有微光照過來。韓星似乎不想停下腳跟，一直往前走，深怕和他獨處在暗處似的。

最後他說：「我們坐下吧。」他帶了一件外套，仔細鋪在沙地上。

他渴望已久的重要關頭終於來臨了。他們都躺在沙地上。

他彎身去吻她，她卻說：「拜託別這樣。」

「我不明白妳。妳到底怎麼啦？」

「我不知道。」

「妳跟我在一起，好像不快樂。」

「你對我很好，我非常感激。不是性的問題，性並不重要。只是一些小事情……我也沒法解釋。」

他用手環住她，再彎身來吻她，她說：「我已經告訴你了……」

他的幻想破滅了。他們曾一度夢想這樣的幽會，彼此身心相連在一起。他們可以重拾那個美夢。整夜在情人灘上，與世隔絕。他們本可以在自己房裡談情說愛，卻跑到沙灘上來，未免太傻了。他們住在一起，睡同一個房間，最近連碰也沒碰過對方一下。但是他以爲把她帶到從前談愛的場所，他們就可以重新捕捉往日約會的情調，她全心愛他，他也心無別屬。

現在他知道彼此的關係已經觸礁，因爲情趣沒有了。

不久韓星就到莎莉的住所和男人幽會。她完全信賴莎莉，所以錢都留在她那兒。她需要的不是金錢，而是感官的刺激，能使她逃避杏樂身邊的枯燥日子，完全適應都市生活。積久成習，她面對自己不忠的事情，說是她比較喜歡歐洲男人。莎莉勸她小心謹慎。

「沒有必要告訴誰，」莎莉說：「妳這種處境要小心。我不希望妳惹上麻煩。我會留意的。如果妳避開這兒的居民，只接見觀光客之類的，就不會有問題。」

韓星回家，精神總是很爽快。如果她傍晚回來，發現杏樂在家，她就說是散步去了，他也沒有追問過。她對杏樂友善多了，因爲她現在比以前快樂。

他們常常靜靜吃晚餐，聽聽音樂，然後杏樂就說他有事要辦。她對他的法律公事一點興趣都沒有。有時候他情慾高熾，她卻說太累了，沒有興趣相好。

16

有一天維生意外聽到杏樂說：「韓星和我同意分開。」

「爲什麼？」

「就是合不來嘛。」杏樂粗枝大葉說。

沒有必要再解釋了。

當時——一九二九年——經濟大大蕭條了一陣子，銀行接二連三倒閉，幾個商業世家也宣布破產。橡膠賤如塵土，一切信譽都受到了威脅。杏樂仍然保住了差事，回到他叔叔家去住。韓星到一個店鋪工作，後來又換到一家美容院。不久以後，杏樂發現她在一家飯店的理髮廳擔任修指甲師傅，因爲外形迷人，收入相當不錯。

維生聽到他朋友和情人分居，相當詫異，後者更沒想到秀英姑姑居然和維生交上了朋友。

你永遠猜不透女人。秀英至少比維生大四、五歲。由外型來說，杏樂也沒想到他的朋友對女性有吸引力——尤其是他這位整潔、秀氣的小姑姑，他原以爲她永遠不會結婚的。

一頭亂髮，一副邋遢、充滿挑戰味的詩人相正好打動了秀英的芳心。毫無疑問，雙方都有愛慕之意。維生具有優秀的中國文學素養，就是信手拈來的報導，也朗朗可讀，文筆出色，偶爾還夾上一個古典的暗諷，對一個博學多聞的中國學者自然具有很大的吸引力。通常暗諷愈冷愈偏，能懂的人就愈得意。就像諷刺話一樣，團體中愈少人懂，懂的人就愈欣賞。

一切文學引喻都具有死結般的吸力，使人產生「你不懂我懂」的感覺。

倆人在一起之後，維生也鼓勵秀英用筆名發表詩篇和短文。但是清秀、美麗、風雅的秀英怎麼能忍受維生的亂髮、髒指甲和忘記帶火柴、忘記對女士多禮的習慣呢？她好像全都喜歡。

有時候兩個人應邀到叔叔家。既然杏樂回家了，只要兩個人有空，他常常打電話叫他們來。屋子裡再度充滿年輕人的談笑。秀英和他們在一塊兒，顯得很活潑，維生帶的手帕也比從前乾淨多了。

有一次，叔叔當著杏樂的面對維生說：「我從來沒聽過這麼混帳的事。那個外國女孩子已經進到他的骨髓裡。他還要她，還希望有一天她會回到身邊。你覺得怎麼樣？我不算有錢，但是我可不要一個指甲師當兒媳婦。我從來沒有聽過這麼混帳的事兒。」

他咬咬雪茄，吐了一口痰。

杏樂日漸消瘦。顴骨開始突出來。眼睛總帶著迷迷濛濛、如夢如癡的表情。

雙方既然暫時分居，杏樂還不斷去看韓星。兩個人都沒有惡感。韓星達到了自己的願望，態度不壞，杏樂則希望分居是暫時的。他們碰面，總是高高興興「哈囉」一聲！

有一天下午，杏樂帶韓星到公園前廣場角落的一間咖啡室去。離市中心有一段距離。他們常常到這間咖啡屋，因為人不多，他們可以獨處。咖啡室通宵營業，他們相識的頭一年常來這裡。附近有一家宵夜酒店，燈光黯淡，顧客可以喝喝酒，陪女侍跳舞。

杏樂始終認為，只要帶她到從前約會的場所，他就可以喚醒舊日的回憶。高高的店主和他太太都認識他們。門邊有一架自動留聲機，後面是六、七張對坐的檯子。杏樂選了一張內角的桌子，可以靜靜談話。他們有機會討論彼此的問題。他問起她的近況，她就談談自己在「彩籬商場」工作的情形。工作很輕鬆，她常常收到一元的小費。她蠻高興的。

這時候，有幾個法國水手進來了，叫了一杯酒，站在櫃檯邊，點一張留聲機的唱片，開始唱起歌來。韓星站起來聽音樂，不久就幫水手們選擇自己喜歡的唱片。她和他們談得很起勁，並且隨音樂的節拍搖頭拍手。

杏樂懊惱極了，她居然拋下自己，去陪不相識的水手。兩個人單獨會面的機會對她根本不算什麼。他迫不得已，只好上前參加。她正盯著他們制服上的徽章，問他們是什麼意思。過了一會兒，他們轉到一家酒吧去喝酒。韓星發現，杏樂送給她的一個銀質打火機不見了，上面還刻著她的名字呢。她氣瘋了。她記得借給一個水手，他卻不承認。他們走回咖啡廳來找。水手終於拿出來，說他是在一個花瓶上揀到的。

如果有什麼事比沙灘那一夜更叫杏樂傷心，那就是這一次約會了。也許她寧願陪陌生的水手，表白她是自由身；也許她根本不在乎，希望他死心。

他提議到「大世界」娛樂中心，裡面有射擊長廊、藝品店、飲料攤、冰淇淋中心、電影院和舞廳。那是馬來青年和女友常去的地方。男女面對面，隨著鼓聲和尖銳的樂聲起舞、拍手、前後踏步。但是身子絕不接觸；這是熱帶興起的一種舞蹈，因爲天熱流汗，根本不想擁抱在一起。

「但是我剛剛去過了。」韓星說。

「那我們出去吃飯，地方隨妳挑。」

「抱歉，我和一個朋友約好了飯局。妳不介意吧？」

「絕不會。」杏樂說，心情卻像鬥敗了的公狗。

他說，那他就回家了。她還不想走，她要等著外出吃飯呢。

杏樂心中充滿孤寂。他從來沒有這樣被女孩子蔑視過。但是他知道自己少不了她。除了韓星，他不可能再愛別人。

他在叔叔家吃晚飯。心都要碎了。他回房打算看書。但是注意力無法集中。他要見韓星，看她的面孔，聽她的聲音。他等到十點，決定到她家再找她一次，一定要和她談談。他告訴叔叔說要出去。叔叔看他失魂落魄，也沒有問什麼。如果韓星陪朋友吃飯，這時候一定回家了。

他到她母親家，聽說她還沒有回來。使他更失望，更寂寞。

他走遍所有夜總會，希望找到她，逼她一起回來。但是一點影子都沒有。

最後，他回到他們最喜歡的咖啡店，認爲她或許會在那兒。她果然在那裡，陪一位她從來沒有見過的朋友，一個中等身材、運動型的法國青年。

她看他進來，有點吃驚，卻毫無窘態。她對她朋友低聲說，杏樂是她從前的愛人。她爲兩人介紹了一番。法國人用亮晶晶的雙眼看看他。他似乎覺得很有趣。他們相互微笑。留聲機正播著一首非洲歌曲：「甜心，我愛你。」

三個人轉到隔壁的酒吧，他們始終很友善，韓星偶爾和法國人說話，偶爾和他談談。聽說那邊有餘興節目。他們等到半夜。顧客很少，餘興節目還沒有開始。

韓星隨著法國人回到咖啡館，閒站在一邊。杏樂自知礙眼，就說要回家了。

法國人聽到這個好消息，忙說「要不要我送你回去」，韓星說：「他有車子。」

「不，謝了。」杏樂推辭著說。

他們走出門，站在廣場角落裡。法國人有點不耐煩了。他說：「那麼再見囉，」開始陪韓星走開。杏樂說聲再見，佇立在那兒，看他們要去哪裡。他倆沒登上法國人的汽車，卻手拉手逛向公園。杏樂眼看著意中人在另一個男士的懷抱裡消失在暗處。真無恥！

杏樂心寒到極點。他不必疑惑，不必躊躇。原來這就是韓星的真面目。他認爲兩人的關係已經完了。突然他想起「獨立」這個字眼。是的，她渴望脫離他而獨立，正如他自己不想依賴叔叔一樣。

第二天，他做了一件最瘋狂的傻事。他整夜翻來覆去睡不著。一大早醒來，馬上想起韓星。他覺得還有未盡的事宜。他一定要見韓星，做一個了斷。

八點左右，他希望陪她吃早餐。沒想到走近她家，卻看見一輛汽車停下來，韓星跨出車門。那位法國人坐在駕駛座上，笑得好開心。

她一點都不難爲情，表情又幸福又愉快。

「進來吧。我剛回來。」

「不了。我剛好起得早些，路過這裡。」

「有什麼話要說嗎？」

「沒有。」

這時候，車裡的法國人露出勝利的微笑。他揮揮手，把引擎換到第一檔，疾駛而去。

杏樂回頭走了一段路，搭上巴士，到辦公廳上班。

那天早上的遭遇使杏樂的愛情美夢完全熄滅了。他們的愛情就連肉體的基礎都談不上；她對他吝嗇異常，卻肯通宵陪陌生的水手。

17

那年是一九二九年。家鄉和國外的許多變故恰好改變了杏樂的一生。

經濟不景氣使新加坡連根動搖了。只有最大的企業能夠倖存。幾家地方銀行紛紛倒閉，成千上萬的員工失業在街頭流浪。碼頭充滿找工作的遊民。乞丐人數一天天增加。每天都有自殺的新聞，或者大富翁一夜破產的消息。英國銀行、保險、船運、信託機構遵守明智的原則，雖然受影響，大體還能撐下去。橡膠和糖業的投機商就不同了。那是中國人天生擅長的一種賭博。幾個月之間，有人大發利市，也有人傾家蕩產。

有不少人「著慜」，因絕望而發狂。

與韓星分手，幻想破滅對杏樂的打擊太大了。情感上他仍然迷戀著她，但是他對自己說：「有什麼用呢？」一個男人被鋸斷一條腿，以後雖然有陣痛，總是第一個月最難捱，過一段時間就沒什麼了。

杏樂沒注意到，他和韓星鬧翻的幾個月，根本沒寫信回家。家人都很擔心，柏英和他姐姐美宮寫信給杏樂的叔叔，打聽是怎麼回事。叔叔也憂心如焚，回信說杏樂被那個「番婆」迷住了。他「希望結果不要太糟」。大家更擔心了。實際上，杏樂的母親聽說他不肯回家，非常不滿。她好希望兒子回到她身邊。

杏樂的公司生意很忙，和各行各業的財政混亂及蕭條有關。有些商家倒閉，業主逃掉了。大家都有債權，卻沒有人還債。但是老「巴馬艾立頓事務所」屹立不倒，業務反因爲商業債務、不動產拍賣和抵押沒收等事項而忙不過來。只有香蕉店、菸店、藥店、雜貨鋪和酒吧照常營業。大家菸抽得更兇，酒也喝得更兇了。大公司受到最嚴重的打擊。幾家工廠的老闆都垮了。政府提出三個月的延付債期，看看局面有什麼結果。

杏樂的叔叔對局勢最敏感。他及時賣掉工廠，保住了相當的財產。他說要退休回國，在廈門鼓浪嶼買一棟別墅，帶妻子家人回去安居。沒有人要橡膠；價格抵不上採集工的薪餉。他當時賣出的價格比現在多兩三倍。別墅當然比較難脫手，尤其在這種時候。

維生找杏樂出去，和他長談了一番。「你不跟大叔回家？」

「不，我爲什麼要回去？我還要學更多法律上的經驗。我希望到時能自己開業。你覺得經濟會永遠蕭條下去嗎？」

「你不想回家看你母親？這邊有什麼東西絆住了你？」

「我不知道。我漸漸學到事情的竅門了。這些都是英國法律，我已經學得不壞。我的法律知識，尤其是英國法律，在家鄉有什麼用呢？」

「我知道什麼絆住了你。是韓星。」

杏樂抬眼看他，平靜而帶點悲哀說：「我也不知道。」

他停了半晌，皺著眉說下去。「有時候我真不明白，不明白自己，不明白身邊每一個人，不明白這個現代大港都。我眺望窗外，看到十呎外另一棟大樓發黑的磚牆，不明白大家都在幹什麼。千千萬萬和我一樣的人，想用正道謀生，養家活口，對不對？賺錢，對不對？韓星有一次對我說，推動世界的是愛情和金錢。很有哲學意味，你不覺得嗎？我不知道她從哪裡聽來的。她做得也對。你必須兩者兼得。但是我站在走廊上，觀察這個大港都，看到人來人往的走道，褪色的牆壁，大家住的破房子，以及洶湧的人潮，千千萬萬奔走求生的人。咦，看起來真瘋狂，根本沒道理。」

「你爲什麼和韓星分手？」

「因爲她要分嘛。她整天沒事可做，說她寧願自己賺錢生活。我不怪她。」

「你還去看她？」

「我們還見面，」他嘴唇顫抖說：「有時候我去她工作的地方，有時候去她母親家。分居以後我們友善多了。我想她比以前快樂。我們說清楚了，她有自由做她喜歡的事，我也一樣。我當然希望有一天她會回到我身邊。」

那一年杏樂的家鄉也起了變故。有些是天災，有些則不能算是上天的變動，整個影響了書中人物的命運。

從那年秋天起，美宮和丈夫孩子就搬到漳州她亡父家去住，杏樂的母親現在跟他們一起生活。西河有幾次大水，他們家在山城岸上，受到了不少災害。美宮的婆婆在一個水災夜裡喪生。婆婆住在樓下，在黑漆漆、亂哄哄的夜裡被洪水沖走了。事後他們逃到漳州，住在美宮亡父的家裡，當時有幾位遠親住在那兒。危機過後，她和丈夫決定留在都市裡。

這次搬家的一個重要因素，就是她要接母親來同住。柏英對母親很好，但是美宮知道母親應該和自己的女兒生活在一起。此外，漳州是母親的故鄉。那是一座大城，幾乎要什麼有什麼。地方軍閥已經被國民革命軍趕走了，城裡恢復了相當的法律和秩序。

美宮和丈夫上山去接她母親來漳州，才發現柏英家裡出了一件大禍。

國民革命軍控制了中國南部，便繼續北伐。軍閥戰敗，有些殘餘的隊伍逃到廣東、福建之間的山區，過著打家劫舍的生活。有一隊人馬逃到西河，打算到福建沿海的高山去。

甘蔗正在市集上買東西，一隊風塵僕僕、衣衫襤褸的步兵來到河岸上，還有幾個騎馬的軍官。逃兵敗將，紀律當然很差。村民甚至不知道他們是誰的隊伍。指揮官看到市集上有一大堆吃的東西，就叫士兵停在岸上。有些人跳到河裡去洗澡，有些則到市集上搜括食物。

不久就出了大禍。逃回來的村民親眼看到其中的經過。有的軍人白吃了一頓麵食、糕點和快餐，又大肆擄掠雞鴨，根本沒有付錢的意思。還叫飯店老闆替他們燒來吃。有些農民匆匆收拾東西，打算回家。一個軍官吹哨子大叫說，誰也不准帶東西離開市集。驚慌的農民立刻明白了他的意思。

「哈！我們的軍隊平時不是保護你們嗎？現在我們有任務經過這裡。你們高高興興迎接你們的大軍，難道不公平嗎？你們怕什麼？我們在這兒吃一餐。馬上走路。誰敢帶東西離開，誰就要挨槍子。我們的總司令明天要來。你們不希望他知道本城的人民都很好客、很懂事嗎？誰也不許走。」

地方上一片騷亂。農民都很氣憤，但是大多數悶聲不響。今天碰上這些軍隊，算他們倒楣，如此而已。

軍人降臨村莊通常都算倒楣事，但是一年也沒有多少幸運的日子。幾個士兵被派到市集場上，問顧客誰要回家。

然後一聲令下，士兵排成一列。他們開始搬一袋袋白米和黃豆、麵粉、木炭、蛋。一位軍官指揮著部下。有些飯店連炊具都被拿走了，凡是敗兵殘將用得著的東西，一概搜掠精光。

甘蔗站在一邊，不明白是怎麼回事。

「喂，傢伙，你在幹什麼？過來。扛這一袋米。你蠻壯的。跟我們走。」

甘蔗不明白是怎麼回事。他扛起一袋重量至少一百五十磅的白米。

「排進隊伍去！那邊！等著，不要動。」

甘蔗和其他的人一起站進隊伍去，一副莫名其妙的樣子。誰需要幫忙，他向來樂於助人的。

「前進！」

隊伍向前走，甘蔗也在裡邊。跟他一起被抓的人都默默不語。

「我們要上哪裡去？」他問另一位俘虜說。

「不知道。」

他們走上河岸，向矮山進發，顯然是菴後的方向。

「你們要去哪裡？」他問一個走上來的軍官。

「你一定要知道也無妨，去菴後。」

菴後要走一整天哩。

「我不去。」甘蔗說。

「什麼？」

「我不能跟你們去，長官。我不去。」

他把米袋放在地上。

「你瘋了？」

「我不能去，我家裡有事要做。」

軍官的體格比甘蔗差多了。他戳戳他的胸脯，想推他。「走！把那包米扛起來！」甘蔗站在他前面，高高在上，一動也不動，覺得軍官的推力簡直像蚊子叮一樣。

軍官由槍帶裡掏出一支手槍。「你動不動？」

甘蔗現在嚇慌了。他這輩子還沒見過槍呢。他拔腿就跑。

「回來，你這個笨蛋！」

甘蔗繼續狂奔。

一排子彈射出，他立刻倒在地上，子彈穿過他的身體。他幾分鐘後就死了，甚至不明白誰打了他，又爲什麼打他。

「這可以給你們大家一個教訓。」軍官用尖細的嗓門說。一排人馬停下來看個究竟，現在又開始向山區進發。

柏英看丈夫沒有回來，又聽到村莊市集上的災變，心裡非常擔憂。她跑下河流這一邊的店鋪，證明很多農夫被迫扛米、扛麥，隨軍隊開走了。

天黑時分，晙心方面有消息傳來，說她丈夫在郊外去世了。晙心在兩哩外。她和哥哥、母親匆匆趕去。有人告訴她，軍隊三點左右經過那兒，有些村民認出了那具屍體，發現他躺在急流頂端的斜坡上。

天已經黑了。找不到人扛屍體回家。柏英跪在他身邊，一再擦拭臉上的淚水。她心神沒有崩潰，心中充滿對亂軍的恨意。

那天晚上，天柱守著屍體，要他妹妹和母親先回家。早上十點，屍體運到了，是村裡的農夫用門板扛來的。傍晚時分，幾位獲釋的俘虜說出事情的經過。

這種事情並不特殊，全國一再發生著，只是次數多少的問題。有些省分機會多些，就好像有些省分一年下雨的天數比別人多一點。村民對蝗蟲、瘟疫、軍人過境等災變都看得很平常。

幾年以後，柏英就用這種聽天由命的口吻，把一切意外說給杏樂聽。「那年秋天，軍人來到我們村莊把他帶走。他死了。」

柏英為丈夫傷心了好一陣子。然後，她想到沒有人接替她的好丈夫所留下的田事和其他工作，她真的急瘋了。她什麼時候才能找到這麼正直的丈夫呢？

十月裡，美宮上山來接她母親，柏英已經堅強起來。她眼裡有悲哀，但是工作太忙了，她沒有心思來哀悼甘蔗。她有母親、阿姨、兩個孩子要照顧。天柱身體復原了些，治療後，胃口也好多了。現在他們田裡總算有了幫手。

她談起那些軍人，聲音平靜、安詳而嚴苛，就是農家慣用的平靜、安詳、嚴苛的口吻。

「那些血腥的雜種——夭壽短命。他們活不長的！天公有眼，他們活不長的！」

這是女人常用的咒語。「甘蔗是好人，真的。」

她眉毛深鎖，眼裡有淒涼、沉思的目光。那雙眼睛含著多少忍耐呀。

她們依依不捨地道別。美宮說要接母親同住，謝謝柏英和她媽媽這些日子來的恩典。

柏英說：「不要啦——不要——她喜歡我們這裡。」

「柏英，」美宮說：「我不知道要怎麼謝妳。我婆婆在世的時候，我不能照自己的意思奉養母親。妳已經盡了心力。現在輪到我了。」

「當然，當然。」她幾近魯莽，可見她不願意分離。「妳是她的親女兒，當然。不過我也像她女兒一樣。我打賭她會回來。那邊的空氣比不上這裡。我知道。」

柏英一口咬定大家都會回「鷺巢」，也許不能怪她吧。美宮靜靜笑一下。她心裡有別的心事。不過柏英同意，杏樂的母親應該回女兒身邊。明年她也許會到漳州看他們，她要去賣甘蔗哩。

杏樂的母親很喜歡囝仔，說要帶他去漳州，因爲那邊才有好學校。

「喔，不行。妳不能帶囝仔去。不行的。」

「媽，我也要去。讓我去。」

「不，兒子。以後再說吧。你現在不能撇下媽媽走。以後再說，好不好？」

　　罔仔似乎也和他父親一樣，坐立不安。柏英心裡一陣劇痛——爲都市誘惑的悲劇和男人不安的精神而痛苦，這個小男人和那位大男人都是她最心愛的。倚門倚閭的母親和堅守空閨的妻子都要面臨一個最古老的問題：「男人工作，女人守家。」她幾乎看到自己走上杳樂母親的命運，非常擔憂。她彎下身去，把孩子緊摟在懷中。

18

第二年春天，叔叔動身回廈門。他要到鼓浪嶼買一棟房子，然後回來接家人過去。他把海濱的店鋪關掉，請維生的父親替他料理一切事務。有重要的決定，可以打電報聯絡。

茱娜如願以償，生了一個兒子，現在已經滿歲了。她要陪叔叔回去，嬸嬸卻寧可等新居弄好。

臨行前夕，全家在家裡給叔叔餞行。這一頓大宴正好也替寶寶做週歲的生日。

餐桌上喜氣洋洋。叔叔事業成功，退休養老，又終於有了一個兒子。他滿面紅光。雖然眼下已有腫泡，頭髮也花白了，看起來還精神勃勃的。

他由橡膠產業保住了十萬元左右，可以好好回家鄉養老，這是每一個中國華僑夢寐以求的好事。除了家人，還有維生和他的父親在場。

他精神好極了，單說他有先見之明，預測出經濟大亂，逃掉了最壞的結果，就不簡單哪。

他們都說閩南話。他談起自己要買的地，要住的房子。茱娜要親自回去看看，嬸嬸似乎沒什麼意見。叔叔追憶自己在新加坡的事業經驗，又評論財產得而復失、失而復得的現象。

「有些人懂得生意的竅門，有些人不懂。全靠感覺。當然一切都是賭運氣。就連開橡膠廠也是一種賭博。好運會向你招手微笑。你可以腳踏實地，憑耐心一年年積起相當的財富，就像我一樣。但是你不會變成赤腳的大富翁。」

所謂「赤腳大富翁」是指李六尿之流的人物。他和一般商人都看不起非法致富的財閥。也許有忌妒的成分吧，不過大體是因為中國社會向來不看重走私、違法、黑社會行徑賺錢的人。

叔叔第二天乘輪船回廈門。杏樂要他問候母親、姐姐，同時說明他現在不能回家的理由。

「把我的一切告訴美宮。說我加薪了，不必替我擔憂。」

「我會啦，」叔叔說。他銳利而慈祥地看了姪兒一眼。「我不在的時候，別做傻事。」

叔叔告訴大家，房子弄妥，他就回來。少則三個月，多則一年，要看他能不能買到房子，需不需要現蓋一棟而定。

杏樂保住了工作，住在叔叔家裡，每天開叔叔的轎車去上班。他很久沒看到韓星了。忍不住想她，卻硬逼自己離她遠遠的。韓星已經明白表示不愛他，不在乎他，他不想再受屈辱。漸漸的，他恢復了常態，不再痛苦，不再渴望，心裡只有祥和與寧靜。

他連夜總會都不去，怕碰到她。有一兩回，他開車駛向城西，彷彿在海邊看到她的背影。他迅速避開眼，不想看個究竟。不知道她看到自己沒有；也許看到了吧，因為她認得這輛車，也知道車號。這時候他會分外傷心，分外寂寞。

有一天，韓星的母親到他家來，說韓星病了，想要見他。

最初的反應是冷淡和憤恨，恨她擾亂了自己苦心求得的平靜。這是誘他回去的花招嗎？

他思忖了一會兒。故作冷漠的外表終於融化了，自我防衛的薄牆開始震撼、粉碎。

他穿上白外衣，戴上太陽帽，隨她母親出去。

不是花招。韓星躺在床上，憔悴萬分。

他走向她。她看到他進來，睜開眼露出疲憊的笑容。他抓起她的手，輕輕捏了一下，然後彎身吻她。

「我的韓星，看到妳我真高興。」

「我也很高興看到你。」

韓星知道他仍然愛著自己。

「我對那些事很抱歉。」她說。

「不必道歉。不怪妳。我們過得太苦了。使妳受不了。」

杏樂告訴她叔叔回廈門，自己加了薪，以及現在生活的情形。

「我好幾次看到你的車子駛過。你沒看見我，不然就是不想看我。」

「不，我根本沒看到妳，不然我會停車。」他扯謊辯白說。

「我現在知錯了。」病中的聲音特別溫柔。「我一直想獨立。」

「我知道我沒給妳好日子過。我們和解如何?妳肯再和我見面嗎?」

母親已離開房間。韓星由枕上抬起頭來,把他拉近去,溫柔地吻了他一下。他觸到她頰上的熱淚。

他坐回去,韓星又在他身邊,他快樂到極點。

「我剛動完手術。」

「手術?什麼手術?」

「墮胎。我不想生孩子,否則就要辭掉工作。」

「孩子多大了?」

「兩三個月。」

杏樂悶聲不響。韓星很坦白,她說:「杏樂,我不可能做你的太太。我以後不能再生小孩了。」然後她掩面大哭。「不管發生什麼事,都是女孩子吃虧。」

「別去想它了。」說實話,他不想再聽下去。但是韓星也不打算隱瞞。

「我不可能做你的太太,所以才告訴你真話。是的,我一直和男人幽會。」

「是那位法國人的?」

「我怎麼知道?反正女孩子做什麼都要遭到報應。男人就不會。莎莉告訴我,她認識的男人都是有婦之夫。莎莉說都怪我自己，我太不小心了。」

「莎莉是誰？」

「我認識的一個女孩子。」

這時候她停了好一會，眼白盯著天花板。

杏樂凝眉深思。他熱愛韓星，不但不氣，這時候反而覺得她是受害的女子，正在抱怨性別的不公。就算夏娃不存在，也有人會創造她呀。

過了一會，韓星微笑說：「別替我難過。我會好的。」

「我真替妳難過。我就是愛你嘛。」

韓星伸出一隻手說：「你是一個怪人。我從來沒見過你這樣的人。我比從前更喜歡你了。別爲我擔心。我會好的。」

他喉嚨哽咽，這女孩對一切太誠實、太坦白、太勇敢了。

「妳一定吃盡了苦頭。」

「是啊。那又算得了什麼？」

「妳現在肯不肯和我同住呢？」

韓星轉向他，語氣很嚴肅。「我曾經盲目愛你。我以爲我們可以合得來。結果不行。我很喜歡你，遠超過別人。但是我不可能做你的好太太。我確定了。我不想再嘗試。」

「那妳爲什麼叫我來？」

「我要你知道一切，別對我期望太深。過幾天我就可以起床，我要工作謀生。我受得了的。」

他沒料到她會這樣說。這個念頭很清白，很健康。

「但是我要妳，我需要妳。」

她理智地說：「不，我若嫁給你，對我對你都是一大不幸。我們還可以見面，可以做朋友。」

「妳是說妳不再愛我了。」

「別那樣說法。我就是我。我天生就是這個樣子。我知道你不會喜歡的。我努力適應，但是辦不到。你一定明白的。我不適合那種生活，我自己也很痛苦。你知道我的本性。我喜歡工作，喜歡獨立。希望你諒解。」

「我瞭解的。」

「你不會對我有惡感吧？」

「絕對不會。」

韓星的態度使杏樂大吃一驚。幾週後，他跑去告訴維生，並且說明自己再見韓星的理由。

「我知道你無法自拔。她不肯回到你身邊？」

「不。」

「這倒出人意外，」他朋友說：「大部分女孩子都會放棄工作，尋找你現在所能提供的安全感。有別墅住，有種種享受。」

「我告訴你，你看錯她了。我想她是百分之百誠實的。她天性崇高，不可能欺騙我。」

「你瘋了。」

「不，我是說真話。她很偉大。以前我愛她的外表。現在我看出她靈魂的光輝了。我喜歡她堅持獨立的方式，以後我要以朋友的身分跟她見面，不再是愛人。我是真心的。隨你說什麼都好。我這位女朋友具有偉大的人性。她已經證明了這一點。」

這些話對維生或秀英姑姑都沒有什麼意義。

杏樂的母親現在回東門街的老宅去住。那是一棟舒服、寬敞的住宅。前端是店面，美宮的丈夫賣些廈門運來的棉布絲綢。店後是鋪了上等灰紋「青石」板的庭院。靠廚房的一邊有水井。後半都是廳房，地面略高一點，有兩三個石階爬上去，這是傳統的建築方式。中間做大廳，兩廂及後房就做臥室。

杏樂的母親很高興陪女兒回家。她享受兒孫繞膝的清福。白天她拿一張竹凳子，坐在店面，觀察來來往往的行人。東門街是漳州的鬧街之一。走幾步路，什麼都買得到。杏樂的母親口袋裡裝滿銀幣，市面上有各式各樣的好菜和點心，像苻苓糕啦，各種餐點和甜粿啦，春天的大桃子，夏天的鹽水梨，秋天的浸漬橄欖和冬天的甜橘啦。她常常買這些東西給晚輩吃，這是口袋飽滿的外婆免不了的。她生性溫順、知足，現在她正享受晚年的尊榮和舒適。叔叔早幾個月就說要回來。他一到廈門，就宣布要在鼓浪嶼找一棟西式的住宅，永遠回來定居。他知道大嫂——杏樂的母親——現在住漳州，打算去看她。他是一個「番客」，在國外發達了，帶著十萬元鉅款回鄉哩。

叔叔到家那天，可真是一個大日子。他看起來就是一副「番客」的模樣，手戴金戒指和一顆大寶石戒，拄著一根鑲金牛角的枴杖。他快活，自滿，聲音比往日更宏亮，他知道自己的每一句話都有人認真聽著。

屋子裡一片忙亂，地方嫌擠了一點，但是家人自然不肯讓叔叔和茱娜去住旅店。這棟房子是叔叔出資買的，最近他還拿錢出來翻修過。柏英由「鷺巢」逃出來，目前暫住在他們這兒，現在她空出東廂樓上的房間，搬下來和杏樂的母親睡。

家人沒見過茱娜，自然很想看看她和小寶寶。她也很想見見杏樂的家人，尤其是柏英。

「啊！這就是柏英。」叔叔用慈愛的口吻向茱娜介紹。他們正在院子後面的大廳上，幾乎壓不住進門的興奮。

兩個少婦相視微笑，倆人的眼睛都像閃電，瞬間映下了對方的風采。

柏英穿一件素淨的七分袖白棉袍；頭髮照例在腦後梳成一個圓髻。她也稍微打扮了一下，因爲守孝期間，圓髻上插一朵白棉結。

「我常聽杏樂說起妳。」

「他好嗎？」

「等一下叫妳二姨丈告訴妳。」

柏英臉上掠過一道陰霾，隨即恢復了微笑。她約略聽美宮提過，杏樂和一個外國女子同居，不太幸福，又回到叔叔家去住了。

柏英手臂上仍然戴著杏樂上回給她的玉鐲。比起茱娜的金戒指、鑽石和寶石鐲子，柏英算是很樸素了。但是兩個人一比，柏英要耐看些。

「喔，我想這就是罔仔囉。」茱娜念這兩個字，帶有怪怪的上海口音。

柏英把孩子推上前，孩子立刻伸手去拉這位他一直盯著的陌生女子。

「見見阿妗，」柏英用「舅媽」的稱呼。一個家庭裡若有妻有妾，大家在稱呼上總是想辦法略爲區分一下。

「告訴我，杏樂叔叔爲什麼不陪你們回來？」孩子問。

「喔，他有事情。他不能拋下工作啊。」

「那我要去看他。我要去新加坡。」

茱娜眼尖，看到柏英不自覺喘了一口氣。

全家都在廳上，有人坐著，有人站著——美宮和她丈夫武雄，杏樂的母親，大夥兒都在。

叔叔說：「柏英，我很希望這次再看到妳。真高興妳下山來。」

「我不是下來玩。我是逃出來的。小孩和我已經在這兒住了一個多月。」

「逃出來的？」

「是的，逃出來。不過時局好轉，我就要回去。我想局勢一定會變的。我要回去。」

「我希望你永遠別回去。」美宮說。

「喔，美宮。妳怎麼能說這種話？」

美宮露出神秘的笑容說：「我知道。」

「妳這話好滑稽。那些魔鬼不會永遠在那兒。我母親、天柱和娃娃都還在山上。當然我要回去。」

「現在說說我兒子的情形吧。」杏樂的母親對叔叔說。她照例坐在向南最好的椅子上。

「我能說什麼呢？你兒子還好。他離開那個『番婆』，就回到我們身邊了。我的好大嫂，我真不知道要怎麼說才好。我不明白妳這個兒子。我把他當做自己的親生兒子……他很倔強，樣樣都固執己見。他和那個外國『查某』搬到一家小公寓去住，大家也許會說是我把他趕走的。我好丟臉。但是他硬要那樣。我很高興他現在想通了。」

「他身體好吧？」做母親的人問。

「放心。我們陳家的人都壯得像野牛。」

「我們聽到不少事業蕭條的新聞，」美宮說：「合法和非法的破產、自殺、『著憨』。不免擔憂萬分。」

「他還好。還在那家英國法律事務所上班。」

柏英非常緊張。聽到這段話，才輕鬆下來。

「我始終不懂杏樂為什麼一定要在國外討生活。」杏樂的母親用一慣柔弱、緩慢的聲音說。

「那就看他做什麼事了。他沒有生意頭腦。他會一輩子靠薪水度日，只夠餬口。他不可能帶著一大堆存款回來，我想妳是指這些吧。賺錢需要生意頭腦，像他叔叔一樣。」他頗為自己而驕傲。

「為什麼不叫他回來？」母親說。「人到處都可以討生活。不必到國外去。你一回來，他就孤孤單單了。等二嬸也回來，那邊就只剩他三姑。他為什麼不回家呢？」

「是啊，到底為什麼？我已經還鄉了。他為什麼不能回來？我也這樣說嘛。一個人若有商業頭腦，到處都可以賺錢。如果沒有，就永遠當雇員。我在漳州或廈門也能大賺一筆。那孩子是傻瓜。他還迷戀那個外國女孩子。」

「真的？」美宮一副擔心的樣子。

他們休息夠了，叔叔也在水井邊的二樓上小睡了一會，他回到樓下，看到茱娜和大家在廳裡聊天。茱娜正聽柏英談起她逃出「鷺巢」的經過。

幾個月前——離甘蔗去世只有兩三個月——一隊亂兵又回來括地吃糧。陳溝是一個富庶的山谷，出產米、糖、大麻和煙草。有一位軍官自稱是團長——大概是自封的吧——帶著一百五十名左右的軍隊和五十桿步槍，足夠叫平民百姓懾服了。團長說他們是大軍的一部分，他們的軍隊佔據了福建、廣東沿海的邊界，那兒高山臨海，有不少凹地和灣口。

附近找不到明顯的公共建築，他們就用一間老廟做根據地。谷底的十三村一向沒有警察。只有一位行政官，跑跑公務，報告死亡或暴行的消息。人民本來平安無事，軍隊卻硬要來「維持治安」，結果收成和過路都要繳稅，老百姓苦不堪言。

不錯，南京有國民政府，但是南京太遠了，革命軍又忙著北伐，這是南部的小地方，誰也管不著。

那是去年冬天的事。春天一來，團長就爲自己和僚屬物色更好的司令部。他選中了「鷺巢」。由每一方面來說，「鷺巢」都要比破廟理想。它立在懸岩，可以看見整個谷。它離下面單條街的城鎮不遠，只有一哩半左右。它有茂密的樹林和許多蔭涼帶，百呎下方又有一條清溪，夏天可以洗澡。沒有電話，但是他撐起一根二十呎的高桿，可以對下面的士兵發送訊號。

團長帶來一個秘書和一個副官，佔據了大廳、主臥室和側翼的飯廳。柏英，她哥哥天柱，她母親賴太太和兩個孩子都擠到西南角，以前杏樂他母親睡覺的地方。

無論柏英起先是多麼勇敢，現在卻嚇慌了。

「喔，媽，我怕。他儘量表示好感，太友善了。我不喜歡他那雙賊眼。」

「安心，柏英，安心！」賴太太說：「他不敢的。有我在這裡。」

第二天她又跑來告訴母親：「不行。我一定要離開這兒。他的副官已經對我說了。他替他拉線呢。他說得很明白。老是說『否則』如何。如果有那麼一天，我會殺死他，然後自殺。但是我不想那麼做。我要替罔仔打算。」

「妳怎麼答覆他？」

「我說，你們亂兵殺了我的丈夫。夭壽短命！別煩我！」

「妳打算怎麼辦呢？」

「我要逃走。我必須先離開，不能等事情惡化。今天晚上日落時分，我要帶罔仔下山，假裝去買東西。他不會知道的。」

「不會有小艇開出去，而且他們也會搜小艇。」

「我認得路。我只帶一個黑布小包袱，不引人注意。我向小溪的方向走，在那邊乘船到漳洲，到大姨家去住。」

「軍官如果問起呢?」

「等我走了,隨便說什麼都成。就說我到一個親戚家去住了。」

那天晚上,柏英吃得飽飽的,包袱裡放了幾個硬饅頭、兩套衣裳,衣服內又藏了五十塊錢,就帶著孩子下山,慢吞吞、大大方方由前門出去。抵達市街,立刻過橋到對岸。

她曾多次走十哩路到小溪,有一次是和杏樂同行。她牽著小孩,沿溪直走,等河流猝然東轉,就開始爬上路。

天色漆黑,又下起毛毛雨來。柏英抓緊孩子,勉力前進,知道這孩子是她的命根和責任,絕不能讓他出事。

路很難走。山徑愈來愈滑,不穩的石階有時候會上下滑動。

周圍烏漆嘛黑,她看不出他們走了多遠。偶爾瞥見微微的火光從很遠很遠的山舍傳出來。最後她來到渡河口,山徑由溪流右岸轉到左岸,杏樂和她曾經停在這兒,玩「打水漂」的遊戲呢。

她記得最難走的一段還在後面,坡度更陡。他們也許會在暗處摔一跤。

她疲憊萬分。一路牽孩子走,手臂都酸痛了,她不敢大意。毛毛雨下個不停,所幸沒有加大。她忘記帶火柴,不過火柴也沒有多大的用處。

她抓緊孩子的手,一步一步踏過溪裡的墊腳石。小孩對這次古怪的夜行,似乎興奮多於恐懼。

最後，她在溪流下岸找到一塊堆滿石子的平地，頭上有幾棵大樹，可以稍微避雨。如果雨勢加大，她真不知道要怎麼辦才好，大概只好等雨停再走了。

她儘量採取舒服的姿勢，坐在小圓石上，找地方伸伸腿，並且叫孩子把頭擱在她膝上。頭上的大樹可以遮雨，但是水珠由葉縫中滴下來，把她的外套淋溼了。她由袖子裡伸出一隻手臂，小心護著囝仔，自己弓身坐著，手肘托在膝上，讓雨滴落在她的頭部和背部，俯視河流下方的遠處，山谷比較亮，微微浮現出來。急流在她耳邊潺潺作響，孩子他父親的回憶也在她腦海中縈繞。

她一定睡著了——不知道睡了多久。只記得她曾經祈求上蒼，不求自己安全，卻祈求孩子平安無事，杏樂早日歸來。

她突然驚醒，發覺渾身都濕透了。雨已經停了。孩子還睡得很熟。她慢慢起身。右邊的大腿被孩子壓得麻麻的。她緩緩揉搓，血流總算恢復過來。

然後她站起身，把孩子放在河灘上。幸虧他的上半身完全是乾的。

她舒展舒展全身，四處走動了一下。然後坐在石頭上等天亮再走。

天明的景象她是最熟悉的。光線慢慢爬進來，遠處的山稜若隱若現，起先模模糊糊，等夜神一件件掀起它的黑床單，山稜線就愈來愈尖銳，愈來愈明顯。

現在天已經亮多了。她餓得要命，就從黑布包袱裡拿出兩個饅頭來吃。然後到溪邊去飲水。

元氣大增，她拍拍睡夢中的孩子，把他叫醒，「我們要走了，罔仔。」她說。孩子揉揉眼睛。她拿一個饅頭給他，「一路走一路吃。我們要馬上出發才行。」

母子到達小溪，大概八點左右，她在一艘下午開航的大船上訂了一個座位，等船出發。

有一種力量把柏英和杏樂愈拉愈近，一種人類無法測知的冥力。茱娜剛好帶了一張他們由新加坡乘來廈門那艘船的風景明信片。

「船像房子那麼大？」罔仔問。

「比十間屋子還要大，」茱娜回答說。

從此孩子就對這一種比房子還大，能浮在水面，用蒸汽推動的大鋼船問東問西的。那是一個難以置信的神話。罔仔要到廈門去看這種船。

叔叔暫時在鼓浪嶼——也就是廈門對岸一個美麗島嶼上的國際住宅區——租了一間別墅。也許是一種原始的本能吧，就和非洲水牛跋涉千里去找鹽巴一樣，柏英和美宮應邀到鼓浪嶼叔叔的家中去度假，柏英爲了孩子，竟欣然同意了。鼓浪嶼離這兒只有三十里路，新加坡卻有一千五百里呢。

19

說也奇怪，一棟房子的居民變了，整個氣氛也大不相同。

叔叔已叫人運走一部分傢俱——書桌啦，大理石餐桌啦，栗木椅子啦——都是他用慣的，就連暫租的房子裡他也喜歡放這些東西。新加坡的住宅似乎空曠多了，也顯得大多了，帶有一種暫時、過渡、終要改變的氣氛。

屋子裡再也聽不到叔叔轟轟隆隆的大嗓門。不再有金拖鞋懶洋洋踱來踱去，也聽不到少婦低沉而磁性的嗓音了。

嬸嬸出現在樓下和陽臺的機會一天天增多。她病痛減少了些，吸鴉片和誦經念佛的次數也減少了些。

這時候是夏天，大家勸秀英搬出宿舍，到家裡來住，秀英馬上答應了。三個人——杏樂、秀英和嬸嬸——很合得來。維生也變成家裡的常客。

維生的面孔一天比一天圓潤，洗得更勤，鬍子也刮得更勤，杏樂卻一天天消瘦，愈來愈不修邊幅了。秀英姑姑第一次發現，他竟有點駝背。

現在好像是嬸嬸在照顧這個年輕的姪兒。摩里斯牌的汽車還在，以後要賣掉，鼓浪嶼小島是用不著汽車的。嬸嬸常勸杏樂開車去散心，還親自陪他去。

這時候正是「巴馬艾立頓事務所」和員工續約的時期。董事們決定，商業破產和債務糾紛期間雖然有業務可辦。公司還是要裁減員工。經濟蕭條，鈔票、信用和各行各業都軟弱無力，未來的財政情況很不樂觀。

杏樂意外收到公司的一封信，說七月開始，公司不需要他了，鑒於他優良的記錄，公司要給他三個月的遣散費。

這是他畢業後第一次遭到嚴重的打擊，這時候當然不可能找到工作。

他比往日更消沉。飯後常常一個人駕車去遊蕩，像孤魂野鬼似的。酒量有增無減。有時候他不吃晚飯就出去了，使姑姑和嬸嬸都很難過。他天黑才回來。她們都等著他。他到廚房弄一碗白肉清湯，就上床睡覺。還有一次他回家告訴嬸嬸，他吃了三明治和啤酒，不想吃飯了。

秀英看到他癡癡癲癲，不復往日沉默而自信的風采，心裡非常難受。他的顴骨開始突出來，似乎老了好幾歲。

「你看起來好可怕，」有一天秀英對他說：「你不能再這樣下去。經濟蕭條使大家都受害，不只你一個人。我們又不是沒有錢。我們要什麼，就能買到什麼。」

「我知道。」

「我想你可以在學校裡找一份教書的工作。我可以幫你找。」

杏樂抬眼看看秀英，她一向瞭解他，就連他和韓星同居，她也表示諒解。

「韓星怎麼樣了？你沒有再和她見面？」

「有。我告訴過妳，我們是朋友的身分。不過最近我約她出來，她說她另有約會。她對我說：『杏樂，你爲什麼不約別的女孩子出去？』理髮廳的人都知道我是她的朋友，但是我不能天天去修指甲呀。有時候我七點鐘在附近逗留，等她出來。妳又能叫她怎樣呢？有時候我晚上到她母親家，她根本不在。」

隨便哪一個男人都會明白她的意思，永遠離開這個女人，杏樂卻不死心。他就是喜歡她，需要她。

有一天，杏樂在城裡找了一夜，回來對秀英和維生說，韓星完全失去了蹤影。他已經十天左右沒看到她，問她母親，她母親只說她離家出走了──去哪裡，她不肯說，也許是說不出來吧。

「他彷彿心碎了。」杏樂一上樓，維生就對秀英低語。「我們要想想辦法。他受不了的。任何人都會對韓星這種女孩子的韻事一笑置之，拋到腦後。我不喜歡他眼中的神情。」

杏樂和某些遭到心理打擊的人一樣，把對自己的不滿化成沮喪與沉默。他躺在床上，日夜酣睡，似乎永遠不想醒來。

秀英現在真的嚇慌了。會不會是「著憨」？

秀英不想寫信回家，怕驚動杏樂的母親。她不能寫信，也不能打電報。大家會嚇壞的。她腦子裡有一個清晰、肯定的念頭，世上只有一個人能夠救他，使他恢復生活的快樂和信心，那就是柏英。

秀英姑姑乘下一班船到廈門，沒有通知杏樂。嬸嬸也拿出一千塊私房錢，她告訴杏樂，秀英姑姑出門一段日子，很快就回來。

秀英在鼓浪嶼把杏樂的遭遇說給叔叔和美宮聽，大家都很難過。

「我不得不親自來一趟，」她說：「我不敢寫信。我想我們暫時別告訴他的母親。維生和阿嬸討論過了，我們認為我還是回來和你們商量。」

「難怪他一封信也不寫，」美宮說：「妳要怎麼樣告訴柏英呢？她也在這兒。」

「我不知道她來鼓浪嶼，甚至不知道她來漳州。那就簡單多了。我相信他只要看到柏英就會好的。她在哪裡？」

柏英帶孩子到「港仔後海灘」去了，她每天下午都去那兒，靜靜坐著，看他在美麗、乾淨的白沙上玩耍。

晚飯前後，柏英帶孩子回來，一直向裡走。她不知道秀英由新加坡回來了。看到這位記憶中很熟悉的姑姑，她歡喜若狂。

「什麼風把妳吹來啦？真想不到！」

「放假嘛。回來看看。我不久就要回去。妳呀！妳看起來蠻時髦的。」秀英用愛憐的眼光盯著她。

「杏樂如何？說說他的近況吧。」

「他還好。我現在搬到他阿叔家去住，我們天天見面。」

「新加坡的情形怎麼樣？」

「大致都很慘。飯後我要好好找妳談一下。」

晚飯後，柏英邀她到房裡去。「我們好好談談。我大概有三年沒看到妳了。」

秀英慢慢談到正題。她提起杏樂的失意、失業，每夜遊蕩，三餐誤時，柏英靜靜聽著，呆若木雞。

「告訴我，他爲什麼不寫信給我，或給他的母親呢？」

「他沒有辦法。我也不能明說。就連我都不能寫信，所以我只好親自來一趟。」

突然，柏英眼中現出驚恐的表情。「怎麼回事？」她追問：「妳一定要告訴我。怎麼回事？什麼事妳不能明說？」

秀英忍不住哭起來，柏英更加擔憂。

「他死了？」

「沒有。」

「生病？」

「沒有。」

「爲什麼妳不能告訴我呢？」

「是他的內心起了變化。他身體還好好的。」

「『著憨』？」柏英用力說出這兩個字。

「不。他還好。但是他很不快樂、遊蕩，整夜遊蕩。他完全崩潰了。好寂寞……他需要妳，柏英。我知道。只有妳能讓她振作起來……」

柏英起先有點動搖，後來臉都紅了，她覺得喉嚨緊緊的，終於痛哭失聲。她哀嘆說：「喔，杏樂，你爲什麼不告訴我呢？」

美宮站在門口，看到柏英哭成一團。她一直想進來，插幾句話。現在她進來了。她摸摸柏英的肩膀，扶她坐正。

柏英坐起來，對著手帕啜泣。

「我特地回來告訴妳。妳去不去？」秀英問她。

「去不去？妳擋都擋不住我。他需要我哩。」

「妳一定要去，」美宮說：「我弟弟只愛妳一個人。我知道。」

茱娜也進來了。

「什麼？妳們預先講好的？」柏英含淚笑笑說。

「柏英，」茱娜說：「我現在稍微瞭解他了。他那些話，我起初根本聽不懂。」

「什麼話？」

「只有他自己能解釋。他從來不屬於新加坡。他把你們倆在鷺巢的照片掛在牆上。他談起他的高山，妳的高山，好像著了神道似的。他在新加坡從來就沒有真正快樂過。他對我說過好幾回：『曾經是山裡的孩子，便永遠是山裡的孩子』。」

「是的，」秀英說：「他收到妳的第一封信，我看見他躺在床上大哭呢。他又哭又笑，手上抓著妳的信，笑得沒法讀下去。然後他坐起身，我們一起看的。」

「我什麼時候能動身？」

「我來安排吧。妳要帶罔仔去。別擔心。」

「他知不知道？」

「不知道。」

美宮站在一邊，靜靜觀察，思前想後，感謝一切變成這麼好的結果。她想起杏樂的模樣，自己曾經愛護他，差一點失去他，如今又找回來了。她真想把這個大消息告訴母親！

杏樂已經克服了心理的打擊。他對自己說，無論發生什麼事，他都要打起精神來。他已經三、四個禮拜沒看到韓星。她好像完全失去了蹤影。理髮廳的人說，她就是突然間不來了，沒有告假，也沒有說什麼。

「喔，好哇！」他對自己說：「原來如此！」

有一天杏樂碰到韓星、一位船長和她的朋友莎莉走在一塊兒。韓星很高興見到他，還把他介紹給船長。

「他是阿瓦瑞船長。他和我同姓。有趣吧？」她說。

「妳上哪兒去了？」

「婆羅洲。」

船長是一個短小粗壯的人，嘴上留著密密的鬍子。他們正要到一家冷飲店去，便約杏樂同行。她指著他對船長說：「他是律師，是我非常要好的朋友。」船長面容愉快，態度輕鬆。韓星還是老樣子。

「妳爲什麼不告訴我妳要遠行呢？」杏樂問她。

「我沒有時間。他說要帶我去旅行。船第二天就開了，你沒有來看我。」

「妳辭掉工作了？」

「嗯。我不能放棄這麼愉快的旅行。我待在船上，我們繼續開到巴里島，昨天才回來。我本來真的想打電話告訴你的。」

顯然韓星又隨另一個男人遊蕩去了。杏樂說，那天晚上他要請大家吃飯，但是韓星回絕了，她已經答應帶船長去看她母親，然後一起上館子。

他很意外，船長居然要見她母親。韓星說，吃完飯她會儘快來看他。杏樂約了「河谷路」和「克里門辛大道」交叉口的一家旅舍，他們以前曾經在那兒約會過。

他等到午夜。真難等！畢竟他們已很久沒見面了。時鐘滴滴嗒嗒走著。一點……兩點……。

杏樂真的發火了。他出門躺在草地上，倚著大樹，特別選一個可以看見她走上臺階的地方。車聲一響，他就回頭看，希望車子停下來，她走出車門。他隨時準備衝上去迎接她。他相信船長會送她回來。

早已過了兩點，周圍靜悄悄的。他可以聽到半哩外的車聲。現在每隔十分鐘或十五分有一輛車駛來，車燈照亮了角落，然後又開走了。

「她一定會來的，」他對自己說：「她從來沒有失約過。」

就算船長帶她去看戲，也該早就出來了。就算他們回家喝兩杯，也不至於這麼晚哪。時間愈晚，她愈可能隨時出現。

三點鐘，他進入房間。她是不是故意侮辱他，明白表示她不在乎他呢？他下定決心。她不會來了。他合衣躺在床上，沒有關燈。睡不著。

四點左右，他聽到她的腳步聲在走廊徘徊，尋找他的房號。聽到敲門聲，他打開了房門。

他望了她一眼，她沒有說話。他也悶聲不響。

「你在生我的氣？」她說。

「當然嘛。我們那麼久沒見面了。妳根本不在乎，對不對？」

韓星從來沒見過他這麼憤怒的表情。

「你恨我，我知道。」

杏樂沒有回答，開始脫衣服。

她脫掉外套，倒在椅子上，簡潔地說：

「我相信那位船長是我的叔叔。」

一個多月前的某一天，莎莉打電話說，她碰到一位葡萄牙船長。他和韓星同姓。她去見他。船長被這位少女迷住了。

「啊，」他說：「我們同姓。我知道我哥哥和一個廣東女人生過一個孩子。他以前在香港的一家船運行做事。後來他死了，我一直不曉得他的孩子流落何方。我一定就是妳的叔叔了。」

她開懷大笑。她喜歡他，他不但安詳、莊重，而且長得很帥。她對這位船長產生了親族愛，他看起來就像一個由神秘的過去走出來的英雄。

他告訴母親，她接受朋友的邀請，要出去旅行，但是沒有說是誰邀她的。那時候韓星深深愛上了船長。

那天晚上，她帶船長去看她母親。事情愈來愈像眞的。韓星的母親說，她爸爸名叫裘西，船長說他哥哥也叫這個名字。他離開香港回葡萄牙的年份也不謀而合。

「在旅程中，他讓我覺得好舒服，」韓星說：「他的貨船明天下午就要走了。晚飯後他又帶我回船上。所以我來遲了。他的船要去孟買，他要我陪他去。」

「妳去不去？」

「要哇。我特地來告訴你。我回到自己的艙房，總覺得像回到家裡一樣。」

「你已經答應了？」

「嗯。」

「那我們又要分別了。」

「我想是吧。」

第二天上午他們始終在一起，因爲船長有事要忙。他們趕辦她去印度的護照。然後她到他房裡洗頭，意外給他一個熱吻。誰都看得出來，她要隨船長再度出遊，興奮得要命呢。

杏樂也許再也看不到她了。這時候他已經看過她和太多男人出走，一點也不覺得意外。他帶她到一家法國菜聞名的屋頂餐廳去，可以好好欣賞大海的美景，不過她根本心不在焉。

「別忘記我自己也是葡萄牙人，」她對他說：「我喜歡他的一切。看到他辦事，我真爲他驕傲。他很可能是我的親叔叔。我喜歡他，他給了我家庭的溫暖。他叫我小乖乖哩。」

飯後，他們一起到「美度沙號」。

「我覺得那是我的家。」一看到黑黑的船身，她就說。他們上了船，碰見船長，他彬彬有禮，態度鑾誠懇的。

「啊，妳護照弄好啦？」他叫她茱安妮塔，隔著桌上的一大堆文件向她微笑。船長很忙，她帶杏樂到自己的船艙，那是一間幕僚室，離船長的艙房很近，中間只隔著醫生的房間。面積不大，只有一張單人床和洗臉臺。船長的艙房和艦橋相接。這是一艘貨輪，只能載二十到二十五名旅客。

船四點鐘要開。時間一到，訪客紛紛下船。杏樂站在碼頭上，等著和她揮別卻找不到她的人影。他在碼頭上苦等了二十分鐘。她是真的不在乎，否則就是和船長在一起。

後來，她和另一位高級船員在下甲板的欄杆邊出現。他拚命揮手。她靜靜和那位船員說話，根本沒有看這一邊。他們距離不到三十呎。她和那位船員又進去了，連頭都沒有回一下。

船剛要起錨，她和船長雙雙出現在艦橋上，手挽著手，身子靠著欄杆。他拚命揮手，想引她注意。他們大概在觀賞碼頭的風光，聊得很起勁，她好像根本沒料到他會在場。然後她瞄到杏樂的身影，她緩緩向他揮了揮手臂，馬上又和船長聊天去了。彷彿她只是揮別一個偶然相識的熟人。

那是杏樂最後一次見到韓星。

時間正是秀英姑姑動身去廈門的前夕。

韓星答應在半路上寫信給他，結果並沒有寫。兩週過去了，他才收到一封從孟買寄來的函件。

親愛的杏樂：

請靜靜聽我說。我一直很忙，所以沒寫信給你。新鮮事好多哇。簡直像一場夢。他叫我小乖乖，還給我取了「茱安妮塔」這個名字。他說他找到我，非常高興。船上的人都知道我是船長的姪女；他們都叫我阿瓦瑞小姐。我願意相信自己是他的姪女。我喜歡船上的一切，也喜歡我碰到的人，他們大都是歐洲人呢。杏樂，請你明白我雖然有一半中國的血統，心理上卻屬於歐洲。天生如此。也許就因為這樣，我跟你在一起才快樂不起來，總覺得自己的另一半屬於另一個世界。

船長很喜歡我，我也完全屬於他。

他勸我留在孟買，因為他的船大都走孟買和波斯灣航線。有時候遠到開羅、貝魯特和熱那亞。他說有一天他會帶我到地中海去。他們通常以孟買為根據地。他在這兒替我租了一間公寓，還建議我母親來陪我住。

親愛的杏樂，我對你不夠好。你能原諒一切嗎？我想我很久都不會再來新加坡了。請多多保重，請你明白我不是有心的，冥冥中有一股大驅力，誰都身不由主。我始終尊敬你，以後也會永遠把你珍藏在記憶中。

你永遠的朋友，

茉安妮塔

20

讀到這封信，杏樂感到出奇的平靜。總覺得事情終於確定了。說來他對韓星也更瞭解了些。她永遠不會屬於自己。他不大相信這位船長是她的親叔叔。不過他知道這一段戀史已成過去。

突然他覺得很輕鬆，卸除了長期的壓力。韓星離開他已成定局。由於這份解脫的感覺，又接受了難以避免的事實，他竟獲得了心靈的平靜。

他覺得自己彷彿走了一段很長很長的錯路，剛剛才回到家裡。

他突然很想回家。現在新加坡再也沒有什麼事情絆住他了。他出去拍了一份電報給叔叔：

「即回鄉　下周動身　問候母親。」

他回家告訴嬸嬸。嬸嬸看到他表情大變，非常高興，但是她說：「不，你還是等一等吧。」

「不過我已經發出電報了。還等什麼？」

嬸嬸望著他，笑得好起勁，好開心，她臉上很少有這樣的笑容。她猶豫了一會才說：

「我在等秀英的信函或電報。她說她回家要安排一件事情。你還是等她回來吧。她也許有事要你做。」

「什麼事？」

「一定是家裡的事——還會有什麼呢？」

「不過，我已經發出電報啦。」

「暫勿返　秀英已東臺州轉返新　帶柏英孩子　茱娜美宮問好」

他雙手顫抖，拿著電報上樓找嬸嬸。她正坐在床上，雙腿盤起，眼睛半閉，嘴唇喃喃自語，手指數著檀香木的念珠。

他停了半晌，不敢打擾她念佛，躡手躡足走近去，低聲說：「阿嬸！」

她張開眼，看到他站在面前，顫慄的手握著一張小紙。

「阿嬸，柏英要來了！」

「我知道，我知道。感謝菩薩！」

「妳知道這回事？」

嬸嬸點點頭，笑得很愉快。「是的，我全知道。秀英就爲這件事回去的。我們都知道，只要柏英回到你身邊就好了。」

「喔，阿嬸！」

他高興得淚眼模糊。

他打電話告訴維生。連他也知道秀英此行的用意，只有杏樂蒙在鼓裡。

現在就等著算他們到達的日子了。

「臺州輪」八點入港。它大清早就來到港外，現在才進來。柏英和孩子都很興奮。她五點就起床，由艙口向外張望，等船身慢慢進入碼頭，她和秀英都已準備就緒。她身上穿著淺藍色的衣裳，髮型倒沒有變。孩子跑來跑去，不過她最希望杏樂看到孩子在她身邊。

囝仔是他們的小孩，她已經替他養了九年，是他們之間一個有形的牽繫。

杏樂就在那兒。她由高度可以認出來。秀英也看到維生了，他正拚命揮手，一頭亂髮，還有叨香菸的模樣，絕對錯不了。他們身邊有一個穿黑衣服的小個子，是嬸嬸。秀英沒想到她會來迎接。

梯板慢慢放下來。他們終於下船了。起先有點難爲情；然後是瘋狂大叫，伸臂相擁，淚眼相對，手拉手遲遲不肯放開。

「喔，柏英！」

「喔，杏樂！你氣色不壞嘛！」

「妳也是啊！」

午飯前，午飯桌上，要談的話太多了。囝仔已經在地上跑來跑去，向杏樂描述他們所坐的大船。

「叔叔，船上還有游泳池哩。」

柏英彎身對他說：「叫爸爸。他是你爸爸。」

小孩把一根指頭放在唇邊，不肯叫。

「去嘛，說呀。他是你親生的爸爸。」

小孩突然叫了聲「爸爸」，杏樂親吻他。做母親的人熱淚盈眶。

「我等這一天，已經等好久了。」柏英只說了一句。

午飯後，維生和秀英說：「我們要出去。讓你們單獨談談。」

杏樂抬眼一望，他們兩個人手挽手踱向陽臺，接著轉向大門，消失在門外。

林語堂作品精選：10

賴柏英【經典新版】

作者：林語堂
發行人：陳曉林
出版所：風雲時代出版股份有限公司
地址：10576台北市民生東路五段178號7樓之3
電話：(02) 2756-0949
傳真：(02) 2765-3799
執行主編：朱墨菲
美術設計：吳宗潔
行銷企劃：林安莉
業務總監：張瑋鳳

初版日期：2019年7月
ISBN：978-986-352-712-1

風雲書網：http://www.eastbooks.com.tw
官方部落格：http://eastbooks.pixnet.net/blog
Facebook：http://www.facebook.com/h7560949
E-mail：h7560949@ms15.hinet.net
劃撥帳號：12043291
戶名：風雲時代出版股份有限公司

風雲發行所：33373桃園市龜山區公西村2鄰復興街304巷96號
電話：(03) 318-1378
傳真：(03) 318-1378
法律顧問：永然法律事務所 李永然律師
北辰著作權事務所 蕭雄淋律師

行政院新聞局局版台業字第3595號 營利事業統一編號22759935
©2019 by Storm & Stress Publishing Co.Printed in Taiwan
◎ 如有缺頁或裝訂錯誤，請退回本社更換

定價：220元
版權所有 翻印必究

國家圖書館出版品預行編目資料

林語堂作品精選：10 賴柏英 經典新版 / 林語堂著. -- 初版. -- 臺北市：風雲時代, 2019.06 面； 公分

ISBN 978-986-352-712-1（平裝）

857.7 108005844

風雲時代

風雲時代